प्यार बिना चैन कहाँ

कहानी संग्रह
हरीश कुमार

रेडग्रैब बुक्स प्राइवेट लिमिटेड
942, मुट्ठीगंज, प्रयागराज-3 उत्तर प्रदेश, भारत
वेबसाइट - www.redgrabbooks.com
मेल - contact@redgrabbooks.com

प्रथम संस्करण रेडग्रैब बुक्स प्राइवेट लिमिटेड द्वारा 2021 में प्रकाशित
सर्वाधिकार टेक्सट : हरीश कुमार 2021
सर्वाधिकार सुरक्षित : रेडग्रैब बुक्स प्राइवेट लिमिटेड 2021
कवर व टाइप सेटिंग : रेडग्रैब बुक्स आर्ट्स

भारत में मुद्रित

ISBN : 978-81-95123-48-3

उन सारे एहसासों के नाम
जो ज़िन्दगी को
हमेशा महकाये रखते हैं।

भूमिका

किस्सों की आदत

बचपन में पहले पहल जब बुजुर्गों से कहानी सुनने की ज़िद करते तो वो एक शर्त रखते कि कहानी सुनते समय सोना नहीं है। पर हर बार कहानी इतनी रोचक होती कि वो कहानी फ़िल्म की तरह दिमाग में चलने लगती। हम खुद उस कहानी की अनगिनत बनती तस्वीरों में खो जाते और सो जाते। बीच में आँख खुलती तो पता चलता कि सुनाने वाला भी सो गया है और कहानी का अधूरापन अगले दिन के इंतजार में बीत जाता। इस बात का पक्का मन बनाया जाता कि कुछ भी हो जाये अगली बार पूरी कहानी सुनकर सोयेंगे। पर शायद ऐसा कभी नहीं हुआ। कहानी को पूरा जानने सुनने की टीस कहानियों से जोड़ती चली गई।

जिंदगी की कहानी भी ऐसी ही है। कितना कुछ आस-पास देखते महसूस करते, एक-दूसरे को बताते हुए कितनी कहानियाँ आज तक बन चुकी हैं पर कहानी फिर भी खत्म नहीं होती। ये अधूरापन ही मुझे भी कहानियाँ सुनाने लिखने के लिए जब-तब झकझोरता रहता है। पता नहीं मैं लोगों को कहानियाँ लिखता हूँ या अपने ही किसी अधूरेपन की।

'प्यार बिना चैन कहाँ' संग्रह की कहानियाँ ऐसे ही अधूरेपन को पूरा करने का प्रयास भर है। जिंदगी के कई ऐसे पहलू जिनके बारे में मैं, आप और कई लोग शायद जानते भी हों पर उन्हें कभी याद न किया हों। उनकी याद हमें अक्सर तब आती है जब हम भावनाओं के समुद्र में गोते लगाते दूसरों के किस्सों से खुद को ही याद करते हैं। अकेले बैठे-बैठे मुस्कुरा देते हैं, हँस देते हैं। कई बार हमारी आँखें भी भर आती हैं या गुस्सा आता है। ये कहानियाँ ऐसी ही भावनाओं की कहानियाँ हैं। बाकी आप पाठक हैं, किस कहानी से क्या चुन लें, क्या महसूस कर लें, ये तो आप पर ही निर्भर करता है। मैंने बस ये प्रयास किया है कि आपको इस किताब के पात्रों से प्यार हो जाए।

इतना कहकर मैं आपके और अपनी कहानियों के बीच नहीं आऊँगा। मेरी कहानियाँ ही मुझे आपके साथ जोड़ने का प्रयास करेंगी।

हरीश कुमार

जून 2021

अनुक्रम

1
प्यार बिना चैन कहाँ

उसने कहा था, ''मुझे लाइब्रेरी में मिलोगे शाम को। ..अस्ल में मुझे एक किताब की ज़रूरत है और फिर उसमें से नोट्स भी बनाने हैं....कुछ देर इकट्ठे बैठकर डिसकस कर लेंगे।''

मेरा दिल धड़कने लगा, पूरे शरीर में एक उत्साह फैल गया। कितने ही दृश्य दिमाग़ में घूमने लगे, कितने ही अर्थ मैं उसके शब्दों को सुनकर खोजने लगा।

शायद उसे इस बात का एहसास हो गया है, कि मैं उसके बारे में किस नज़रिये से सोचने लगा हूँ।

कितना कोमल-सा नाम था 'सलोनी'। जैसे किसी ने मलमल के कपड़े पर हाथ फिराते हुए सोचा हो।

अभी उस दिन कैंटीन में जब सब दोस्त गोल घेरा बनाकर बैठे थे और एक-दूसरे की बातों में मग्न थे तो मैं उसकी हँसी, हाव-भाव और प्यारे से चेहरे में लगातार डूबा जा रहा था। उसकी बालों की एक लट बार-बार उसके चेहरे पर आती और वो उसे अहिस्ता से अपने हाथ से हटाकर कान के ऊपर टिका देती। जैसे फूल पर बार-बार कोई भँवरा मंडरा रहा हो। शायद मेरे पास ज़्यादा रूपक नहीं थे इस बात को और भी रूमानी ढंग से कहने के लिए पर बस मैं पूरी तरह डूबा था उसके चेहरे में, हिलते हुए होठों में, आती-जाती मुस्कुराहट में। एकदम उसने मेरी तरफ़ देखा। शायद वो भी कहीं और देखने का बहाना कर रही थी या शायद मेरी लगातार पड़ती नज़र ने उसके चेहरे पर गुदगुदा दिया हो। वो मुस्कुरायी और अपनी आँखों के इशारे से जैसे पूछा हो-

''क्या देख रहे हो?''

उसकी आँखों का इशारा मेरे शरीर में कंपकपी छोड़ गया। उसकी ये बेबाक़ी दिल की गहराई तक पहुँची। मैंने एक गहरी साँस ली। सब अपनी बातों

में मग्न थे पर हम दोनों शायद बिना बोले ही एक-दूसरे से बात कर रहे थे। उस पल के बीत जाने के बाद जब हम अपने-अपने होस्टल चले गये उसके बाद पूरी शाम और पूरी रात बड़ी बेचैनी में गुज़री। सपने में न जाने मैं उसे कितना कुछ कह गया था पर शायद मेरी आवाज़ उस तक पहुँच ही नहीं रही थी। मैं हडबडाकर उठा था अगले दिन, अपने तकिये को बाँहों में लेकर मुस्कुराया था।

अगले दिन क्लास में एक काग़ज़ लेकर वो मेरे पास पहुँची थी। "यार इसमें कुछ नये गानों की लिस्ट है, मुझे ये रिकार्ड करवाने हैं, क्या तुम करवा दोगे?" उसके संबोधन में कितना अपनापन लगा मुझे।

"क्यों नहीं, ज़रूर! यूनिवर्सिटी के गेट के सामने बने शॉपिंग कॉम्प्लेक्स में है एक दुकान रिकार्डिंग की है, सी. डी., कैसेट सब मिलता है, नये से नया गाना, बिल्कुल लेटेस्ट। सब मिल जायेंगे।" मैंने लिस्ट में कुछ नये गाने देखकर कहा। उसने थैंक्यू कहा तो उसकी आवाज़ मेरे कानों में श्रेया घोषाल की तरह घुल गयी। दिल को क़ाबू करते हुए जैसे मैं पिघला जा रहा था। फिर कभी आशिक़ी वाले अंकित तिवारी के गीत होते तो कभी ग़ज़लों की लिस्ट। समय जैसे अपना कोई गीत हमारे बीच बुनता हुआ गुनगुना रहा हो।

पूरे छः महीने हो गये थे यूनिवर्सिटी में उसके साथ क्लास, काफ़ी और गपशप अटेंड करते। सीनियर्स के साथ सिनेमा भी देखा और कैंटीन में दोस्तों की महफ़िलें भी इंजॉय कीं। ज़िन्दगी को जैसे पर लग गये थे। आस-पास सब कुछ बड़ा कूल लग रहा था, अचानक बैठे-बैठे गुनगुनाने लगता जैसे हर पल कोई मेरे साथ था।

यूनिवर्सिटी में आने के एक हफ़्ते बाद ही तो उसे देखा था। एडमिशन लेट थी उसकी शायद। मैं डिपार्टमेंट में क्लास के बाहर खड़ा सर के आने का इंतज़ार कर रहा था जब सलोनी ने मुझे बुलाया। "एक्सक्यूज़ मी! क्या आप फ़र्स्ट ईयर में हैं? मेरा नाम सलोनी है और मैं फ़र्स्ट इयर में ही आयी हूँ।"

गोरा रंग, गुड़िया जैसा पतला मासूम चेहरा। काले घुँघराले बाल- जैसे कस्तूरी की महक पूरे वातावरण में घुल गयी हो। किसी ने कहा था कि फ़र्स्ट इम्प्रैशन इज़ द लास्ट इम्प्रैशन। वो गाना है न…. "पहली नज़र में कैसा जादू कर गया…"। उस दिन बाहर बारिश हो रही थी; सितम्बर के पहले हफ़्ते की बारिश।

मेरे कपड़े सूखे थे लेकिन जैसे मन भीग रहा था, नाचा था जैसे बारिश के संगीत के साथ। बस मैं उस दिन से न जाने क्यों सलोनी को लेकर कितना कुछ सोचने लगा। मैं अक्सर शाम को लाइब्रेरी जाता था। कभी-कभी दोस्तों के साथ गर्ल्स हॉस्टल की तरफ़ चक्कर लगाता। हमारे सीनियर्स और क्लासमेट वहाँ बाहर इकट्ठे होते। वहीं एक किनारे बैठकर गप्पे हाँकते। धीरे-धीरे हम सब क्लासमेट भी आपस में घुल-मिल गये। कुछ जोड़ियाँ बन गयीं या कुछ लोग इसे सेटिंग भी कह सकते हैं। कुछ घूमने के लिए यूनिवर्सिटी की लोकल बस पकड़ते या अपनी मोटर-साइकिल लेकर और अपने जोड़ीदार को साथ बैठाकर सिटी जाने लगे। सलोनी भी एक एडवांस लड़की थी मतलब ये कि घूमने-फिरने को लेकर कोई हिचक नहीं थी उसे, पर पढ़ाई को लेकर भी सिंसियर थी। उसे वहीं यूनिवर्सिटी में पेड़ों की छाँव से घिरी कंक्रीट की सड़क पर दोस्तों के साथ चलना अच्छा लगता। हम में से चार-पाँच सीनियर-जूनियर मिलकर शाम को कुछ दूर तक टहला करते। फिर धीरे-धीरे उसमें भी जैसे दोस्ती गहराने लगी और हम या शायद मैं कुछ बातें अलग से करने की, सिर्फ़ सलोनी के साथ करने की चाहत रखने लगा। शायद उसने भी ये महसूस किया हो। मैं वीकेंड पर घर कम ही जाता था। लाइब्रेरी में ज़्यादा समय बिताता था छुट्टी के दिन और फिर क्लास की डिस्कशन हो या लैब का प्रैक्टिकल उसमें भी बढ़-चढ़कर हिस्सा लेता था। इसका फ़ायदा ये हुआ कि हम भी नज़दीक आने लगे। उसे ये सब जैसे अच्छा लगता। उसे कभी नोट्स शेयर करने होते तो कभी शाम को यूनिवर्सिटी के कैफ़े हाउस में दोस्तों के साथ मिलते। उसके लिए मैं जीनियस लड़का भी था। मेरे लिए वो क्या थी ?.....वो बस मैं जानता था।

अब मैं सिर्फ़ उसके साथ ही बातें करने के लिए समय चाहता था। बस वो और मैं और तन्हाई। लाइब्रेरी के रीडिंग-रूम से भी ज़्यादा तन्हाई किताबों की अलमारियों के बीच होती है जहाँ भीड़ नहीं जुटती। हमें भी ऐसी ही एक स्पेस चाहिए थी जिनमें हम एक-दूसरे की साँसों की आवाज़ भी सुन सकें। ''सांसों की माला पे सिमरूँ मैं .....पी का नाम'' जैसे मेरे मन में गूँजा करता।

आँखें, एहसास और आकर्षण हम दोनों में बहुत कुछ न कहकर भी शायद हमारे अनकहे शब्दों को एक-दूसरे के सामने उघाड़ने लगा था। अब कई बार हम सुबह डिपार्टमेंट में मिलते तो हाथ मिलाते। ओह! जैसे किसी गुलाब के फूल को हाथ में ले लिया हो, जी करता कि कुछ देर हाथ को हाथ में ही पकड़े रहूँ। पर

अभी झिझक के पर्दे हमारे बीच टँगे हुए थे। दोस्त समझने लगे थे कि हम दोनों में कुछ चल रहा है। वैसे भी सब किसी न किसी के साथ अटैच थे।

दोस्ती और प्रेम में बहुत बारीक फ़र्क़ होता है। दोस्त मिलते हैं तो उन्हें एकांत हो न हो, कोई फ़र्क़ नहीं पड़ता पर प्रेमी एकांत ढूँढ़ते हैं। यूनिवर्सिटी की इमारतों के कितने कोने, और कितने एकांत प्रेम से घिरे ये बताते कि अब रिश्ता एक ख़ास मोड़ पर है। तो नोट्स, मुलाक़ातें और गानों की कैसेट भरवाते, हाथ मिलाते, एक-दूसरे को गुनगुनाते मैं और सलोनी भी एक ख़ास एहसास की ओर बढ़ रहे थे। कितना कुछ इस एहसास को सजा रहा था। अचानक मुझे जगजीत सिंह, गुलाम अली और नुसरत फ़तेह अली ख़ान के गीत अच्छे लगने लगे। होस्टल के मेरे कमरे में अक्सर गीत गूँजा करते-

''तेरे आने की जबख़बर महके, तेरी ख़ुशबू से सारा घर महके.....''

''उनकी गली में आना जाना, आदत सी हो गयी है......,'' और या फिर गुलाम अली की ग़ज़ल कि........

''राज़ की बातें लिखीं और....ख़त खुला रहने दिया।''

ऐसा लगता जैसे दिल की भावनाओं और लहरों में मैं बहता चला जा रहा हूँ। अकेले रहना अच्छा लगने लगा था। शाम को घूमने निकलते तो लगता जैसे यूनिवर्सिटी में सलोनी की बजाय कुछ और देखने लायक़ ही नहीं। कुछ दोस्त थे जिनसे अब दिल का हाल छुपा नहीं था। सब रोज़ ख़ूब हिम्मत देते-यार बोल डाल, वरना देवदास बनेगा क्या? इतना भी क्या सोचना, मानी तो मानी वरना... तू नहीं तो और सही, और नहीं तो और सही.... ।''

क्या वाक़ई इतना आसान होता है। शायद मैं दूसरों से अलग था। हर छः महीने बाद ''और प्यार हो गया'' वाला स्लोगन अभी मेरी फ़ितरत में नहीं था। फ़्लर्ट होना या करना शायद अभी तक इसका कोई अनुभव नहीं था। शायद ये सब कोई तब करता है जब उसे प्यार करने वाले बहुत मिलते हैं। यूँ तो लाइब्रेरी में अक्सर शाम को आते-जाते हम आपस में मिलते थे। दोस्त साथ होते, हम नोट्स शेयर करते, बोर होते तो बाहर कैंटीन में जाकर चाय की ब्रेक लेते। पता नहीं कब सलोनी की आँखों से मेरी आँखें बातें करने लगीं और हम कहीं न कहीं यूँ महसूस करते कि हम मिलते तो हैं पर मुलाक़ात अधूरी-सी रह जाती है। शायद एक डर था जो हमें हमारी दोस्ती को लेकर इतना संजीदा बनाये हुए था। हम

प्यार बिना चैन कहाँ

डरते थे कि कहीं कोई ग़लतफ़हमी न हो ....या दोस्ती बिखर न जाये। जब कोई एहसास बड़ी मुश्किल से मिलता है तो उसे जिलाए रखना ही सबसे बड़ी बात होती है। एहसास की बातें बड़ा गोरखधन्धा होती हैं पहले प्रेम के लिए, जिनका सिरा पकड़ना भी बड़ी इमोशनल उलझन होती है। पर आख़िर कब तक जज़्बात दबाये रखे जाते। आख़िर वो दिन, वो पल आ ही गया-

सलोनी ने शाम को सही छः बजे लाइब्रेरी में मिलने का एक प्रस्ताव दिया। पाँच बजे तक लैब प्रैक्टिकल ख़त्म होते थे। इस प्रस्ताव के सूत्रधार थे कुछ नोट्स और हमारी सिक्स्थ सेन्स। ये एक घंटा कैसे बीता, मैं ही जानता हूँ। फ़्रेश होकर और महक कर पंद्रह मिनट पहले ही लाइब्रेरी पहुँच गया।

कहाँ ज़्यादा एकांत मिल सकता है, कहाँ इत्मीनान से बातें हो सकती हैं, जैसे कोई जगह ही नहीं मिल रही थी। कभी लगता कि आज वैसे ही छुट्टी के दिन जैसा है। वीकेंड के लिए सभी शुक्रवार शाम को ही घर के लिए निकल गये हैं। इसलिए भीड़ भी नहीं है। चार मंज़िला इस बड़ी लाइब्रेरी में एक सुकून तो था ही और कोई बात करने के लिए रीडिंग-हॉल से बाहर एक जगह बैठने का इंतिज़ाम था। आज वहाँ कोई बैठा भी नहीं था। जैसे पाँच से छः बजने में कई घण्टे गुज़रे हो। मैंने न जाने सलोनी से कल्पना में ही कितना कुछ कह दिया हो, उसके कितने ही परिणाम सोचे हों। ''ये कहूँगा ...ऐसे कहूँगा ...नहीं-नहीं ...यह तरीक़ा शायद ग़लत हो ...जल्दबाज़ी सब कुछ बर्बाद न कर दे ...'' कभी डरता तो कभी मुस्कुराहट और ख़ुशी से भर जाता। जैसे कोई क़ीमती ख़ज़ाना मिल गया हो। मेरे दिमाग़ और दिल में कितने सैलाब उठते और गुज़र जाते। मैं अपने दिल की धड़कन को सँभाले किताब के पन्ने पलटता रहा। मेरी नज़र बार-बार लाइब्रेरी के एंट्री गेट की तरफ़ जाती। और फिर इंतज़ार की घड़ियाँ ख़त्म हुईं। हल्के हरे रंग में लिपटी, घुँघराले खुले बालों से घिरे मासूम चेहरे को लिये सलोनी आ गयी-

''कब आये? मैंने ज़्यादा इंतज़ार तो नहीं करवाया?'' सलोनी ने पूछा।

''तुम्हारा इंतज़ार तो मैं रोज़ करता हूँ, बस तुम समझ नहीं पातीं।'' मैंने ये बात शायद मन में कही होगी पर सलोनी ने न जाने कैसे सुन ली।

''क्या बात है आज रोमांटिक गाने सुनकर आये हो क्या? तुम्हारी शर्ट अच्छी लग रही है।''

उसकी आँखों और चेहरे पर आती बेबाक़ी मुझे जैसे हौसला दे रही थी। शायद वो मुझसे अपनी और तारीफ़ सुनना चाहती थी। मैंने भी अपनी तारीफ़ को अंदाज़नज़रअंदाज़ करते हुए कहा, आज तो बिल्कुल परी लग रही हो।'' भावनाओं की लहरें जैसे मेरे भीतर सब किनारे तोडकर भाग जाना चाहती थीं और मैं उन्हें मुश्किल से दबा पा रहा था।

''तो पहले मैं क्या थी? मुझे तो पापा भी हमेशा परी ही कहते हैं।'' उसने मुझे मुस्कुराते और आँखें मटकाते हुये कहा। मैं बेक़ाबू हो रहा था। जाने अपने आप को कैसे रोकूँ, मेरे शब्द मेरे एहसास थे जो बस कह देना चाहते थे सब कुछ। जैसे समय भागा जा रहा हो।

''अच्छा वो किताबें ढूँढ़कर ले आते हैं, फिर नोट्स भी बनाने हैं। ...चलें?''

जैसे मेरी नींद टूटी हो। हम दोनों दूसरी मंज़िल पर अपने सब्जेक्ट की किताबों की अलमारियों के बीच किताबें ढूँढ़ने लगे। आस-पास एकदम सन्नाटा, किताबों और सलोनी के परफ़्यूम की घुलती ख़ुशबू। हम दोनों के हाथ आपस में टकराये। हम दोनों मुस्कुरा दिये।

''सलोनी ....., मैं तुम्हें ....मैं तुम्हें लाइक करता हूँ, तुम मेरी सबसे अच्छी दोस्त ही नहीं हो बल्कि उससे बढ़कर .....अब मैं ....तुम समझ रही हो न?'' मैं अटकने लगा।

''इसमें क्या शक है, हम बहुत अच्छे दोस्त तो हैं ही। मैं भी तुम्हें पसंद करती हूँ।'' वो जैसे शर्मा-सी गयी।

सलोनी की झुकी आँखों को समझते और इस जज़्बात को सुनते मैंने उसका हाथ अपने हाथों में ले लिया। जैसे कितने कैमिकल रिएक्शन पैरों से दिमाग़ तक एक लहर की तरह दौड़ गये। उसने कोई इंकार नहीं किया।

''मैं तुमसे प्यार करता हूँ सलोनी।'' गहरी साँस लेते हुए मैंने उसे अपनी बाँहों में ले लिया।

''मैं भी ....।'' उसने आँखें मिलाकर कहा।

प्यार के फूल जैसे चारों ओर बहुत ख़ूबसूरती से खिल गये थे।

प्यार बिना चैन कहाँ

2
लव मैरिज

◆

क़िस्सा इतना सीधा हो कि कोई मज़ा ही न आये तो क़िस्सा ही क्या? पर क़िस्से में कई बार प्रेम भी बहुत ज़रूरी होता है और ये प्रेम तब और भी ज़्यादा रोचक हो जाता है जब उसमें लव हो ...मतलब ''आई लव यू'' वाला जवान दिलों का प्रेम। आप याद कीजिये हमारे देश में लव बहुत हिट ख़बर रहा है फिर चाहे वो अख़बार के पन्ने पर हो, सिनेमा के हीरो-हिरोइन वाला हो या फिर आपके आस-पास के कॉलेज, पड़ोस, बाज़ार के किसी युवा प्रेम की अफ़वाह की तरह आपकी ज़िन्दगी की कहानी में कभी न कभी फैला हो, महका हो, जिसे आपने अपने मन के किसी कोने में सेव करके अक्सर सुना गुनगुनाया हो। ...ख़ैर तो ये क़िस्सा है अपने पक्के यार रवि का जिसका पूरा नाम हर सर्टिफ़िकेट में चाहे रविंदर लिखा जाता हो पर वो मेरे लिए हमेशा रवि ही रहा और रहेगा।

वो शायद रोमेंटिक नवम्बर की सर्दियों का आख़िरी हफ़्ता था। मतलब ठंड थी पर अभी भी पूरी आस्तीन वाली क़मीज़ पहनकर ही काम चल जाता था। किसी-किसी ने आधी बाँह वाला स्वेटर पहनकर सर्दी घोषित करने की जल्दबाज़ी भी कर दी थी। वैसे सुबह और शाम का समय आपको एहसास देता था कि थोड़ी बहुत सर्दी महसूस करने की शर्म कर लेनी चाहिए। मैं घर में बैठा शाम की चाय पीते हुए ठंड का आनन्द ले रहा था। मोबाइल पर रिंगटोन बजी, स्क्रीन पर रवि का नाम ही था। मैंने फ़ोन उठाया-

''हेलो ...यार रवि ...क्या हाल है ?.....हाँ चाय पी रहा था ....अच्छा ...कोई बात नहीं ..यार तुम जब भी आओ ..किसी को कोई दिक़्क़त नहीं होगी ..ऊपर वाला पोर्शन ख़ाली है ..ठीक! ठीक! ..हाँ सात बजे तक ..ठीक है ...आ जाओ ...मैं इंतज़ार करूँगा।''

मैं थोड़ा-सा हैरान था रवि की बात सुनकर। वो कुछ दिन के लिए मेरे घर आना चाहता है। किराये का मकान मिल जाने तक वो मुझसे मदद चाहता है। वैसे तो हम दोनों एक ही शहर में हैं, हमारे बीच की दूरी तीन किलोमीटर से ज़्यादा

नहीं है। उसका अपना घर है ..अंकल-आंटी ...एक भाई ..सब अपने पुश्तैनी मकान में रहते हैं। शादी अभी उसने की नहीं है ..किराये के मकान की उसे क्या ज़रूरत आन पड़ी। अभी हफ़्ता पहले जब वो मुझे एक दिन सड़क पर फ़्लाई-ओवर के नीचे मिला था। हम दोनों बस दस-पंद्रह मिनट ही वहाँ बनी एक चाय की टपरी पर ही पड़े एक बेंच पर बैठ गये।

"यार तेरा घर भी अच्छी लोकेशन में है, वहाँ कोई किराये के लिए ख़ाली हो तो बताना।" उसने पूछा था।

मैंने बड़े आराम से उसे आश्वस्त कर दिया कि कोई बात नहीं, पता कर के रखूँगा, आजकल वैसे भी पी.जी. और किराये पर घर देने वालों का काम शहर में बढ़ता जा रहा है। मैं बस ये पूछना भूल गया कि किराये का मकान चाहिए किसे? शायद मुझे लगा हो कि रवि जिस बैंक में नौकरी करता है वहाँ दूर शहर के लोग भी नौकरी में हैं, उनमें से किसी को चाहिए होगा।

अब बात कुछ स्पष्ट हो रही है। उसकी अपने पापा से थोड़ी बहुत खटपट तो चलती ही रहती है ..और किस बाप बेटे में नहीं चलती। एक उम्र हर नौजवान पर ऐसी आती है जब वो अपने पिता के साथ खटपट कर लेता है। पर ..ख़ैर आयेगा तो ही बात खुल पायेगी। मैंने माँ और पिताजी को रवि के आने के बारे में बता दिया था। मैं अपने दोस्तों के घर या वो मेरे घर अक्सर आते रहते थे एक दो दिन रहने के लिए, इसलिए उन्हें आदत थी ऐसी बातों की। उन्होंने ज़्यादा प्रतिक्रिया नहीं की, वैसे भी अब मैं ख़ुद एक नौकरी में था शायद इसलिए वो मुझे ज़िम्मेदार समझते हों।

सात बजे के आसपास चिर-परिचित स्प्लेंडर मोटर साइकिल का हार्न बजा। रवि ही था। एक बड़ा बैग कँधे के पीछे लटकाये। वही ख़ूबसूरत कुमार गौरव टाइप चेहरा, वही आमिर ख़ान वाली मुस्कुराहट।

"आओ-आओ यार! ..तेरा ही इंतज़ार कर रहा था कबसे ..आ ऊपर छत वाले कमरे में ही सारा इंतिज़ाम कर दिया है ...वहीं जमाते हैं अपनी महफ़िल।" मैंने उससे गले मिलते हुए कहा।

"थैंक्स यार ...बड़ी ज़रूरत थी तेरी।" रवि कहकर मेरे साथ छत के ज़ीने पर चढ़ने लगा।

कमरे में पहुँचकर रवि को मैंने चेंज करने के लिए कहा और उसके लिए

चाय वग़ैरह लेने नीचे चला आया।

अब हम दोनों चाय के कप लिये दो कुर्सियों पर आराम से बैठे थे। मैं कुछ सुनने के लिए बेताब था और रवि शायद सुनाने के लिए। वैसे तो यारों के लिए अपने घर के दरवाज़े सदा खुले हैं पर ''दोस्त मजबूरी में आये तो क्यूँ आये?''

''तो यार बात ये है कि मैं अपनी दोस्त रीतिका से शादी करने का फ़ैसला कर चुका हूँ। पिता जी को शायद ये रिश्ता मंज़ूर नहीं है। पहले वो भी तैयार थे या शायद उन्होंने झूठ-मूठ की सहमति दिखायी हो ..पर अब जब बात बिल्कुल बन चुकी है तो वो अलग-अलग क़िस्म के विवाद पैदा कर रहे हैं और नयी शर्तें थोप रहे हैं। बस मुझे ये लगा कि अस्लियत में वो ये रिश्ता होने ही नहीं देना चाहते ..इसलिए आज मैंने उन्हें अपना और रीतिका का अंतिम फ़ैसला सुना दिया है कि हम आने वाले पंद्रह दिनों में शादी कर रहे हैं। ...बस कहने लगे कि अपनी मर्ज़ी करनी है तो अपने हिसाब-किताब से जहाँ मर्ज़ी रहो, जो मन में आये करो ..यहाँ रहना है तो वही करना होगा जो मैं चाहूँगा।'' रवि ने जैसे एक लम्बी साँस लेकर छोड़ी।

''अरे कोई नहीं यार.. गुस्सा हैं ..दो एक दिन में सब ठीक हो जायेगा। और ये रीतिका वाला क़िस्सा कब शुरू हुआ?..हैं! ....बड़ा छुपा रुस्तम निकला यार तू तो .... हैं! ......मेरे साथ कोई बात भी शेयर नहीं की तूने कभी।''

मैं जैसे उसके जज़्बातों को सहज करना चाहता था।

''हाँ इस बात के लिए तुझसे सॉरी ही कहूँगा यार, रीतिका से मुलाक़ात एम.बी.ए. के दिनों में हुई थी। अपने शहर के पास के गाँव की ही है। बस फिर बैंक की नौकरी तक हम दोनों टच में रहे, दोस्तों की तरह। धीरे-धीरे प्यार का रिश्ता कैसे बन गया पता ही नहीं चला। अब हम दोनों एक-दूसरे के हर एक इमोशन को समझते बूझते हैं।''

.... वो अच्छे परिवार से है...बस ठाकुर है.... और मैं पंडित, बस यही एक फ़साद है पिता जी के लिए .....चाहे दोनों की कास्ट अलग है ..पर ये सब बातें हम दोनों के बीच न पहले थीं न अब हैं। पिताजी इस बात को लेकर ही थोड़ा अटक रहे थे पर मुझे लगता था कि हम दोनों की केमिस्ट्री देखकर मान ही जायेंगे। पिछले एक साल से इसी मनौती का सूखा झेल रहे हैं। .... घरवालों से मिलवा दिया। ....बहसें कर लीं। .... बातें फ़ाइनल होने तक

पहुँची पर हर बार कोई न कोई रुकावट पैदा होती रही या की गयी । ....पिता जी बस यही रट लगाये हैं कि ये खानदान में अलग ही काम करने चला है...... मैंने कहा भी कि पापा ये सब बातें अब कोई अर्थ नहीं रखतीं ...पर नहीं ...रोज अख़बार की ख़बरें जिनमें –ऑनर-किलिंग छपी हो ..सामने लेकर बैठ जाते हैं ...मैंने समझाया कि हम कोई भाग के तो शादी कर नहीं रहे, रीतिका के घर वाले भी तैयार हैं, ...तो यहाँ किसके ऑनर की किलिंग हो रही है?..... बस आज रीतिका के पिता जी का फ़ोन पापा को बात फ़ाइनल करने के लिए आया था तो पिता जी ने बड़ी बे-रुख़ी से कह दिया कि आपको ज़्यादा जल्दी है तो आप कहीं और भी कोशिश कर सकते हैं, हम अभी अपने रिश्तेदारों के साथ इस पर सोच विचार कर रहे हैं । ....अब तुम बताओ ..यार ये रिश्ता जोड़ने की बातें हैं या तोड़ने की? ...बस इसी बात पर बहस हुई और मैं घर छोड़ आया। रीतिका से भी इस बारे में बात कर ली है। वो पूरी तरह मेरे साथ है।''

''चलो कोई बात नहीं, बड़े बुज़ुर्गों को समझाना कई बार मुश्किल हो जाता है.. पर कई बार कुछ बातें ज़्यादा वक़्त लेती है। मैं तुम्हारे साथ हूँ, तुम्हारे लिए अगर अंकल की नज़रों में गिरना भी पड़ा तो यही सही। पर अभी पंद्रह दिन तक तुम लोग शादी करोगे न ..तब तक शायद चीज़ें आसान हो जायेगीजायेंगी। थिंक पॉज़िटिव यार !''

''थिंक पॉज़िटिव वाले फ़ॉर्मूले पर ही तो चल रहा हूँ, इसीलिए अपने फ़ैसले से पीछे नहीं हट रहा। इस बात के लिए भी तैयार हूँ कि अगर चीज़ें वक़्त लेना चाहती हैं तो लें... पर मैं फ़ाइनल कर चुका का कि अब मुझे और रीतिका को आने वाले कुछ दिनों के बाद एक ही छत के नीचे रहना है और अपनी नयी ज़िन्दगी का सफ़र शुरू करना है।''

''हाँ ! हाँ ! ठीक है दोस्त, अब प्यार किया है तो उसे निभाना तो ख़ैर चाहिए ..बाक़ी दोनों सहमत हैं, कमा-खा रहे हैं, आपस में ट्यूनिंग अच्छी है ...और क्या चहिये। इमोशनल अत्याचार तो हर रिश्ते में चलते ही रहते हैं और फिर जल्दी समय के साथ ही निपट जाते हैं ..कोई नहीं ...सब ठीक हो जायेगा। ... ख़ैरख़ैर शादी कैसे कब ...?''

''शादी में अभी पंद्रह दिन हैं, और तब तक मुझे टाइम भी मिल जायेगा, घर को सेट करने का। अब कल से मुझे एक दो मकान देखने हैं जिसमें किचन

वग़ैरह की सुविधा हो। घर के लिए सारा ज़रूरीसामान भी ख़रीदना है। अभी तो बस ये बैग में जो सामान घर से लाया हूँ और जिस मोटर साइकिल पर आया हूँ यही अपनी प्रॉपर्टी है।''

''अच्छा भाई अपने दोस्तों को भी अपनी ही प्रॉपर्टी समझ, बाक़ी अपने वर्मा और गिल से बात हो गयी?''

''उन्हें कैसे भूल सकता हूँ! इस शहर में तुम तीन लोग ही तो सबसे पुराने दोस्तों में से हो। साथ ही घूमे, साथ ही पढ़े। वर्मा तो मेरी ही लाइन में है, बस बैंक कोई और है उसका। गिल अपना वकील..... उसकी लव मैरिज में तो हम सब गये ही थे, उसे परसों बताया था ..और कहा था कि बात अपने तक रखना, फिर सब इकट्ठे बैठ के प्रोग्राम बनायेंगे। तुझे तो पता ही है कि ज़्यादा दोस्त बनाने की आदत अपनी है नहीं। यूँ हेलो! हाय! वाला राग तो बहुत के साथ अलापते रहते हैं पर अपनी ट्यूनिंग तो तुम दो-चार यारों के साथ ही है। तुझे याद है एक बार जब धर्मशाला घूमने गये थे और अपने चारों ने अपनी ट्यूनिंग में वो नया बंदा शम्मी शामिल किया था। सारे टूर में वो हमारे साथ ऐसे रहा जैसे पानी के साथ तेल। न वो हमें समझ आया और न ही वो हमें समझ पाया।''

''अरे हाँ! ...तूने भी कहाँ याद दिला दिया यार शम्मी, अभी पिछले महीने सुना था कि उसकी शादी घर वालों ने तय की थी। तीन बहनों का अकेला भाई। पूरे घर में ख़ुशी का माहौल और शादी से एक दिन पहले घर से ग़ायब। बताओ दो महीने से लड़की के साथ फ़ोन पर बात और चैट भी कर रहा था। घर में भी कोई झगड़ा नहीं हुआ। जियोग्राफ़ी का अच्छा-ख़ासा कॉलेज लेक्चरार, भाग गया घर से। सब घरवाले हैरान-परेशान। मेरे ऑफ़िस में भी उसके पिता जी आये थे मिलने। उन्होंने मुझसे पूछा और बताया कि... ''शम्मी घर से भाग गया है और ये लड़का पहले भी ऐसे ही दुखी करता रहा है। पहले जिस बिजनेस में उसकी रूचि थी वहीं शुरू करवाया था, तब भी दो दिन बाद घर से भगा गयाथा और दो हफ़्ते बाद घर लौटा था। उसकी माँ हैरान-परेशान। लौटने पर पूछा तो पता चला कि कुछ परेशान था और हिमाचल के किसी आश्रम में विपश्यना करने चला गया था। इस बार तो उसने हद कर दी। सारे घर में शादी की तैयारियाँ पूरी हैं, रिश्तेदार भी आ चुके थे और ये फिर लापता है। लड़की पसंद थी, सब कुछ इसकी मर्ज़ी से हो रहा था ...पर फिर भी जाने क्यों? ...बेटा तेरे पास इसलिए आया हूँ कि अगर कोई ख़बर हो या फ़ोन आये तो बता देना, हमने

अभी अख़बार में नहीं दिया है, वैसे जो बदनामी क़िस्मत में लिखी है वो तो हो ही रही है, क्या पता एक दो हफ़्ते में फिर लौट आये। पूरे पंद्रह साल बाद पैदा हुआ था ...तीन लड़कियों के बाद। अब इस बुढ़ापे में उस जवान लड़के के साथ क्या मारपीट करूँ?”

“अरे यार वो था तो सनकी ही। तुझे याद है कि जब हमारे साथ भी घूमने गया था तो उसकी हर बात में शिलाजीत और सांडे का तेल ही फ़ेवरेट विषय रहे। मुझे अब भी शक है कि ये जो बार-बार भाग रहा है ये मामला ही मर्दाना कमज़ोरी से जुड़ा है। ....ख़ैर फिर कोई पता चला उसका?”

“हाँ ...सुना है कि इस बार दक्षिण की किसी यूनिवर्सिटी में कोई डिस्टेंस कोर्स के पेपर देने चला गया था। उसके पास हर बार कोई नया बहाना होता था .. इस बार ये दक्षिण का बहाना .....शादी-वादी तो ख़ैर टूट ही गयी ...हो सकता है ये बात भी एक बहाना हो। मैंने तो उसे अपनी बातचीत के नेटवर्क से बाहर कर रखा है। न उसने कभी मुझे फ़ोन किया न मैंने। जो बीत गया सो बात गया। और ऐसे नमूनों की मिलता से दूरी ही अच्छी।”

“हाँ ..दोस्ती वाले दायरे में ऐसे नमूने कहाँ टिकते हैं।”

“ख़ैर छोड़ ये सब ...तू अपनी प्रेम कहानी बता ...रीतिका से कैसे और कहाँ बात शुरू हुई?”

“तुझे तो पता ही है कि कॉलेज में बी.कॉम. के बाद मैं एम.बी.ए. का एंट्रेंस क्लियर करके हिमाचल चला गया था। रीतिका भी अपने ही शहर के गर्ल्स कॉलेज से वहाँ गयी थी। हम दोनों एक ही क्लास में थे। मैंने कई बार उसे शहर के स्टेशन से ट्रेन में बैठते देखा था, कई बार बस में भी सफ़र करते देखा। पहले-पहल मैं अपने दोस्तों में बिज़ी रहा। हेलो! हाय! थी, क्योंकि एक ही शहर के थे। वो यहीं नज़दीक के गाँव से आती थी। बस इतनी-सी इंट्रो थी। पहले साल ज़्यादा ध्यान नहीं गया। फिर एक ही ट्रेन, एक ही बस में आने-जाने लगे। पर वैसा कुछ नहीं था। कॉलेज में भी कभी-कभार कैंटीन में दोस्तों के साथ इकट्ठे हो जाते थे। बस फ़ाइनल इयर में हमारा एक टूर जयपुर के लिए गया। पाँच दिन का टूर था और उस टूर के दौरान ही हम दोनों को शायद लगा कि बात आगे जा सकती है, कुछ है जो हमारे बीच गुनगुना रहा है। बस फिर टूर पर ही हाथ पकड़कर ऐसे घूमे कि अब तक पकड़े हैं।”

"यार तू वैसे इतना सीरियस होने वालों में से तो नहीं था, ख़ैर उम्र के साथ-साथ शायद आदत बदल गयी हो। अच्छा वो कॉलेज में शालू वाला क़िस्सा याद है कि नहीं?"

"यार टाइम-टाइम की बात है तब क्लास ग्यारहवीं थी और अब सत्रहवीं। छः साल में बहुत कुछ बदल गया ..दिल की फ़ितरत तो बदलनी ही थी।"

"हाँ! तब तो जवानी का नया-नया रंग फूट रहा था। कॉलेज जाते तो जैसे फेफड़ों में ऑक्सीजन ट्रिपल हो जाती थी ...ख़ैर ग्यारहवीं क्लास का टाइम ही क्या था, ऐसा लगता था जैसे किसी धुंध से निकलकर नीले धुले आसमान और खिले फूलों के बीच आ गये हों। वैसे शालू के घर तक उसे छोड़ने का जो मज़ा तुमने लूटा वो कम तो नहीं था।"

"हाँ! हाँ! अब उन दिनों के बारे में सोचता हूँ तो जैसे सारे दृश्य बड़े कामेडी लगते हैं। रेंजर साइकिल वाले दिन थे वो ...पर क्या दिन थे ..कितने मासूम और कितने आज़ाद।"

"अच्छा तुझे वो याद हैं अपना यार भट्टी। ... अरे वो जो वैलेंटाइन वाले दिन लाल कोट-पैंट और लाल शर्ट, टाई भी लाल पहन के आता था....।"

"लो उसे कहाँ भूल सकते हैं वो तो लाल फूल भी कोट में लगाकर आता था और जूते भी लाल। क्या नमूना था .. वैसे वो गे था यार। कैसे मटक-मटक कर चलता था। पर तब ये गे-कल्चर इतना फ़ेमस नहीं था जैसे अब है।"

"हाँ..गे था वो पर अपडेट सुनेगा तो हैरान हो जायेगा। अब वो गे दो बच्चों का बाप है। उसका बाप बहुत जुगाड़ू आदमी है। शहर में अच्छा-ख़ासा अंडर-गारमेंट्स का काम है। अब शम्मी भी वही सँभालता है, घरवाली नर्स है। ...वो अलग बात है कि उसकी चाल ढाल अब भी वही मटक-मटक वाली है।"

"और शालू ...उसने तो बारहवीं के बाद ही पढ़ाई छोड़ दी थी?"

"आये हाय ...आख़िर फ़िक्र अब भी दबी पड़ी है सीने में यार की ...अभी कुछ दिन पहले मैंने उसे एक बच्चे की उँगली पकड़े चूड़ी-बाज़ार में देखा था। शादीशुदा और पहले से ज़्यादा तंदरुस्त ..। उसने मुझे देखा पर पहचाना नहीं, मैंने तो झट से पहचान लिया कि मैडम वही है जिसे कभी कर्ण अर्जुन वाली काजोल समझते थे हम।"

"जो बीत गयी सो बात गयी मेरे यार ....टाइम-टाइम की बात है, समझते तो हम ख़ुद को भी अक्षय, सलमान से कम नहीं थे .ख़ैर अब भी इससे कम नहीं समझते ....अब अपनी कैटरीना रीतिका ही है और पंद्रह दिन बाद परमानेंटली, सर्टिफ़ाइड रवि उर्फ़ रविंदर की हमसफ़र।"

जैसे हम दोनों फिर एक बार वर्तमान में लौट आये थे।

"वैसे तूने घर छोड़ने के लिए दिन बड़ा सही चुना यार।"

"भाई अपन नौकरीपेशा आदमी हैं, अब सबकुछ अपने हिसाब से मैंनेज करना पड़ता है। अब देख कल शनिवार है, तेरा भी ऑफ़िस ऑफ़ होता है, मुझे पता है, उससे अगले दिन है सन्डे तो काम बहुत सारे हैं करने वाले ...अब घर बसाना है फुल फ्लेज्ड, तो ये सब ध्यान तो रखना ही पड़ता है न।"

"हाँ यार, रवि तू तो वाक़ई बड़ा सियाना हो गया यार, ये सब हिमाचल के हवा-पानी का असर है या रीतिका भाभी के प्यार का?"

"रीतिका बहुत ज़िम्मेदार लड़की है यार, और ये बात मैंने उसके साथ बिताये हुए पलों से सीखी है। उसके लिए समय की क़द्र और हर बात को पूरी ज़िम्मेदारी से कहने और फिर उसे निभाने का जो जज़्बा है, उसने मुझे जहाँ सुधारा है वहीं बहुत इम्प्रेस भी किया है। मुझे कई बार लगता है कि शायद उसे मुझमें मेरा बेतरतीबपना और ज़्यादा बोलना ही अच्छा लगा हो। डिसिप्लिन और टाइम-टेबल बनाकर ज़िन्दगी जीनी मुझे कहाँ आती है वर्ना। शायद उसमें जो कमी बेतरतीब होने की है वही मेरी ख़ासियत है और जो मेरी कमी है, मतलब क़ायदे से किसी काम को करने की, वो उसकी ख़ूबसूरती है। दो साल से हम एक ही जगह जा रहे थे, एक साथ पढ़ रहे थे, साथ बैठते, या कभी-कभार दूसरे दोस्तों की तरह मिलते-मिलाते, कभी सोचा ही नहीं था कि हमारे बीच कोई केमिस्ट्री बन पायेगी। वो क्लास की टोपर्स में एक थी और अपन कभी ऐसी दौड़ में रहे ही नहीं, पर बस जितने से जीनियस कहलाया जा सके, उतना भर जुटा लेते थे।"

"तो बात आख़िर इतनी आगे तक पहुँची कैसे, ये उत्तर और दक्षिण इस मोड़ में आ कैसे गये?"

"मुझे लगता है कि शायद मैं कहीं न कहीं कुछ महसूस करने लगा था। अब तुझे तो पता है कि यार इमोशनल आदमी में एक कमी होती है की वो रीझता बहुत ज़्यादा है और ख़ासकर तब जब उसे कोई अपनेपन से मिलने लगे।

प्यार बिना चैन कहाँ

शायद यही हुआ हम दोनों एक शहर से जाकर यूँ मिले, आते-जाते इकट्ठे सफ़र किया। फिर मोबाइल पर भी हाय-हेल्लो होने लगी ..किसी न किसी काम के बहाने ..और बस ये सब चीज़ें अच्छी लगतीं-लगतीं प्यारी लगने लगीं। वीकेंड पर हमने घर आना बंद कर दिया था और वीकेंड पर जब कैंपस थोड़ा शांत होता तो वहीं कैंपस हम कुछ दोस्तों के लिए कैफ़े में, गार्डन में या लाइब्रेरी के कोरिडोर में मिलजुलकर बातें करने और गप्पे हाँकने का सबब बन गया। पढ़ते-लिखते, बातें करते हम कब अपने-अपने दायरों को समेटने लगे और फिर वो दायरे कब अपने-अपने कोनों में दुबकने लगे, पता ही नहीं चला।''

''नहीं मतलब क्लाइमेक्स तो आया ही होगा, प्रपोज़-डे का सीन-वीन हुआ कुछ या सब कुछ रहस्यवाद ही बना रहा?''

''अरे नहीं यार, बस वो जब लास्ट इयर की सर्दियों की छुट्टियों में हम दोनों अपने-अपने घर आ गये थे, मिलने का कोई ज़्यादा जुगाड़ तो था नहीं बस मोबाइल पर टाइम पास कर लिया करते। मैं बहुत कुछ बोलना चाहता था और उसे जैसे बहुत कुछ सुनना था, ऐसा मुझे लगा, फ़ोन पर बात करते समय जैसे साँसों की आवाज़ और कई बात ख़त्म होने के बाद जो आवाज़ें आप महसूस करते है ...अब इसे मैं तुम्हें कैसे समझाऊँ? .... हाँ ...लेकिन पिता जी और माँ शायद समझने लगे थे ...और एक दिन तूफ़ान उठना ही था और उठा और मैंने वो कह दिया, जो मैंने अभी रितिका से नहीं कहा था।''

''अच्छा मतलब घर में ही लंका लगा डाली!'' मैंने मुस्कुराते हुए रवि की तरफ़ देखा।

''हाँ भाई, लंका तो लगी ..और जलना भी शायद मुझे ही पड़ा। ...उस दिन शाम को मैं लैंड-लाइन से कोने वाले कमरे में बैठा रीतिका से बतिया रहा था। हम दोनों ने बात करने का जैसे एक टाइम निश्चित किया था कि शाम सात बजे के बाद बात किया करेंगे। अब पंद्रह छुट्टियाँ थीं, पूरे तीन सौ साठ घंटे। ऐसा लगता था कि ये तीन घंटे नहीं तीन सौ पैंसठ दिन हैं जो साले कट नहीं रहे। तो उस दिन जाने पिता जी और माँ क्या तैयारी कर के बैठे थे।

''कौन है ये लड़की?'',

''किस परिवार से हैं?'',

''तुम्हारे साथ पढ़ती है?''

''रोज़ फ़ोन करने का क्या मतलब?''

''अपनी पढ़ाई पर ध्यान दो, ये सब समय की बर्बादी करने के लिए नहीं भेजा है'',

ये सब प्रश्न मुझ पर दागे गये। मेरे सामने पिता जी ने लैंडलाइन से लास्ट डायल किया हुआ फ़ोन घुमाया और उसका नाम-पता पूछने लगे। भाई-बहन वाला सम्बंध क़ायम करने लगे। पर फ़ोन काटने के बाद जो मैंने कहा वो एक विद्रोह था। मैंने स्पष्ट कहा कि वो लड़की मेरी बहुत अच्छी दोस्त है और हम इस रिश्ते को आगे तक ले जाना चाहते हैं। बहुत बहस हुई, और मैं गुस्से से भरा और इस सर्जिकल स्ट्राइक से हताश सारी रात अपने कमरे में किसी चोट खाये जानवर की तरह तड़पता रहा।''

''ओह ..फिर ...रितिका का क्या रिएक्शन था?''

''रितिका बुरी तरह घबरा गयी थी। मिडिल क्लास की यही ट्रेजडी है कि हम अपने बच्चों को दूर तक पढ़ने भेज देते हैं पर उनके ऊपर अपनी रिज़र्व्ड थिंकिंग लादे रखते हैं। यार पता नहीं उन्हें ये बात क्यों समझ नहीं आती कि अब हमें चलने के लिए आपकी उँगली पकड़ने की ज़रूरत नहीं, हम में भी कुछ एहसास हैं जो हर नौजवान के अंदर होते हैं, उन्हें इतनी बेदर्दी से मत कुचलिये। पिता जी कभी रितिका की जाति पूछें, कभी ऑनर किलिंग और मर्यादा की दुहाई दें। पता नहीं उन्होंने एक सरल से प्रेम को एक भयानक दृश्य में बदलने के लिए उसमें कौन-कौन से जातिगत, सामाजिक और अख़बारी तार जोड़ दिये।''

''पर यार जब हम लोग मिलते थे या तुझसे मेरी फ़ोन पर बात होती थी, तूने मेरे साथ ये बात कभी शेयर ही नहीं की।''

''क्या शेयर करता, मुझे लगा जैसे मैं बहुत मजबूर हूँ, मुझे अपने आप पर ही जैसे शर्म आने लगी, मुझे लगता कि जैसे मेरे सबसे पसंदीदा खिलौने को मुझसे छीन लिया गया हो, मैं एक पल के लिए घर में नहीं रहना चाहता था। पर इसे मेरी बेशर्मी कहो या कुछ और जिसके लिए तुम घटिया से घटिया शब्द चुन सको, मैं सिवाय सब कुछ देखने के और चुप रहकर अंदर ही अंदर घुलने के कुछ नहीं कर पाया। इसलिए मैंने अपने मन की हर बात को अपने मन की गहराइयों में क़ैद करना ही ठीक समझा। मैंने अपने और रीतिका के बीच हुई सारी बातों को तुम दोस्तों से दूर रखा।''

"बड़े बेवफ़ा निकले यार तुम, अपनों को भी अपना न समझा। ख़ैर ....
फिर रितिका से कब मिलना हुआ?"

"छुट्टियों के बाद ...मैं पूरे सफ़र में उसके बारे में सोच रहा था, वो पहले
दिन तो आयी ही नहीं, वरना शायद सफ़र के दौरान पक्का मिलना होता। दूसरे
दिन मिली तो जैसे वो छुट्टियों से पहले वाली रीतिका थी ही नहीं।"

"क्यों ..रितिका के घरवालों ने भी क्या ... ?"

"पता नहीं ..पर बड़ी मुश्किल से उसने मुझसे बात की। उसने मुझे ये बात
समझाने की कोशिश की कि अब हमें नहीं मिलना चाहिए और शायद हम एक-
दूसरे के बारे में ग़लत धारणाएँ बना रहे हैं, इसलिए अब इस क़िस्से को यही
ख़त्म करना ही ठीक होगा। मैं हैरान था, और समझ नहीं पा रहा था कि रीतिका
मेरे साथ ऐसा बर्ताव क्यों कर रही है? क्या वो पिता जी की बातों से भयभीत है?
क्या वो सचमुच मुझसे प्यार नहीं करती और सिर्फ़ बाक़ी दोस्तों की तरह एक
दोस्त है? ...पर जो बातें हमारे बीच हुईं ..जो एहसास मैंने अब तक हम दोनों
के बीच महसूस किये ..वो सब मेरी कपोल कल्पना था या महज एक फेंटेसी।"

"यार कई बार चीज़ों को सामान्य होने में समय लगता ही है। अब लड़की
है, तुम ख़ुद इतना भूचाल महसूस कर रहे थे तो वो तो अंदर से पूरी हिल गयी
होगी।"

"हाँ ..वक़्त तो मुझे लगा उससे खुलकर बात करने में ..पर मैंने जब एक
हफ़्ते तक उससे मिलने की कोशिशे जारी रखी और सफल हुआ तो मैंने यही
कहा कि कोई कुछ भी कहे, तुम अगर हम दोनों के बीच जो भी हुआ उसे एक
दोस्ती तक रखना चाहती हो तो मुझे मंज़ूर है पर इतनी बेरुखी मत दिखाओ। पर
ये एक सच है कि मैं तुमसे प्यार करता हूँ और करता रहूँगा। अपनी पढ़ाई पूरी
करने से लेकर अपने पैरों पर खड़े होने तक मुझे इस समय को अपनी मज़बूती
के लिए ही लगाना है, तब तक हम रेल की पटरियों की तरह ही सही, एक साथ
रहेंगे।"

"हम्म! ...स्टोरी बड़ी ट्रेजिक हो गयी फिर तो ...रीतिका इसके लिए राज़ी
हो गयी फिर ?..।"

"हाँ ..ऐसा कहा जा सकता है कि वो राज़ी हो गयी पर मैंने वो वक़्त कैसे
निकाला ये मैं ही जानता हूँ। उसे देखता, उसके साथ पहले की तरह बातें करने

की कोशिश जैसे ज़ुबान पर आते-आते रुक जाती। उसके चेहरे की वो नेचुरल हँसी जैसे अब ग़ायब हो गयी थी। ख़ैर मैंने भी ख़ुद को थोड़ा मज़बूत किया, पढ़ाई की, कोर्स पूरा किया और नौकरी ज्वाइन की। पहले दिल्ली में एक साल रहा, रीतिका से फ़ेसबुक और ई-मेल पर टच में रहा। फिर ट्रांसफ़र हुआ तो अपने शहर और वही फिर रीतिका मिली। जैसे हम दोनों को कोई असीम शक्ति दुबारा मिलाना चाहती थी ..या शायद हो सकता है कि हम दोनों ही एक-दूसरे को नज़दीक खींच रहे हों।''

''ये तो वाक़ई अच्छा हुआ ...तो बात दोबारा शुरू की तुमने?''

''बात तो मैं तब शुरू करता अगर बात मैंने ख़त्म की होती। मैं गाहे-ब-गाहे उसे जताता ही रहता था कि मेरी बाँहें तुम्हारे लिए उसी तरह अब भी फैली हैं, बस तुम एक बार फ़ैसला लो। बस तो बात आख़िरकार फिर वहीं से चली जहाँ ख़त्म हुई थी। कोई अंतरजातीय मस'अला भी नहीं था पर अपने यहाँ एक कैटेगिरी में भी हो तो उसमें भी आगे बहुत भेद और वर्ग बने हुए हैं। मैंने सबकुछ सोच समझकर ये नतीजा निकाला कि अगर इस परम्परा-वादी तरीक़े से चले तो किसी भी मंज़िल पर पहुँचना मुश्किल है। रीतिका के पिता इस मामले में शायद कुछ उदार थे, उनसे मैं एक-दो बार मिला भी। रीतिका ने शायद उन्हें कुछ बताया हो। गाँव में रहने के बावजूद उनका खुला स्वभाव मुझे अच्छा लगा। वो एक किसान हैं और किसान यूनियन में भी काम करते हैं। रीतिका का भाई की भी लव मैरिज हुई है, इसलिए उनके घर में शादी को लेकर कोई टैबूज नहीं है शायद। ..... फिर एक दिन अचानक रीतिका ने कहा कि देखो बात नहीं बन रही है इसलिए फ़ैसला हम दोनों को करना है, लेकिन एक बात समझ लो कि वापस जाने का इरादा हो तो अभी लौट जाओ वरना मैं फ़ैसला ले चुकी हूँ, घरवाले भी तैयार हैं और उन्हें मेरे फ़ैसले पर पूरा विशवास है ..अब जो फ़ैसला लेना है तुम्हें लेना है।''

''वाह बड़ी बहादुर भाभी निकली यार वो तो। एक दम से फ़ैसला सुना दिया तुम्हें।''

''हाँ! रीतिका की इस बात ने मुझे किसी न किसी फ़ैसले पर पहुँचने के लिए जैसे बिल्कुल सपाट रास्ता दिखा दिया। जिसे मैंने प्यार किया, जिसे मैंने अपने इंतज़ार में हर पल जिया, आज उसकी आवाज़ भी मेरे दिल से होकर

गुज़री थी। अब जैसे मैं पूरे कॉन्फ़िडेंस में था कि मुझे क्या करना है और कैसे करना हैं।''

''तो फिर तुमने घर में खुलेआम ऐलान किया होगा और महाभारत शुरू हो गया होगा।''

''अरे नहीं यार, पहले पहल तो ज़्यादा कोई रिएक्शन नहीं हुआ, शायद पिता जी दोबारा पूरी बात को समझना चाहते थे। शायद उन्होंने माँ से भी इस पर कोई विचार चर्चा की हो ...पर उन्हें इस बात की भनक हो गयी थी कि लड़का अब ज़िद पकड़ चुका है।''

शायद माँ ने नीचे से आवाज़ दी थी। घड़ी की तरफ़ देखा तो नौ बज रहे थे। हम अपनी बातों में जैसे बाक़ी सब कुछ भूल गये। खाने का टाइम था और माँ की आवाज़ ने जैसे रवि और रीतिका की प्रेम कहानी से जगा दिया हो।

''चल यार रवि, नीचे चल कर खाना खाते हैं, फिर सामने पूरी रात पड़ी है। मुझे तेरी सारी कहानी सुननी है अभी।'' इतना कहकर मैं रवि को लेकर नीचे आ गया।

खाना खाने के बाद हम दोनों वापस छत पर लौट आये और बिस्तर पर रजाई में दुबक कर बैठ गये।

''अच्छा ये बता कि जब घर वाले समझ ही गये थे कि लड़के ने ज़िद पकड़ ली है तो फिर इतना झंझट क्यों खड़ा किया? अच्छी-ख़ासी पढ़ी-लिखी और नौकरीशुदा लड़की मिल रही थी लड़के को।''

''हम्म! बात इतनी सीधी हो तो क्या कहने, पर जैसे हर एक कहानी में ट्विस्ट होता है, वैसे मेरी कहानी में कई ट्विस्ट थे। पिता जी पहले तो अपने जान पहचान वालों द्वारा और अपनी बिरादरी से सम्बंधित लड़की मेरे लिए ढूँढ़ने लगे। कुंडली मिलाने लगे, जानबूझकर कहीं न कहीं से रिश्ता आने की बात जानबूझकर मुझसे करने लगे, जैसे वो मुझे भड़काकर देखना चाहते हों कि मैं अपनी बात को लेकर कितनी ज़िद पकड़ चुका हूँ। मैं पहले पहल तो उन्हें चुपचाप सुनता रहा, पर जब वो ज़बरदस्ती अपना फ़ैसला मुझ पर थोपने लगे तो मैं अपने आप को रोक नहीं सका और अपना ये फ़ैसला सुनाया कि मुझे जिसके साथ ज़िन्दगी बितानी है, मैं आपको बता चुका हूँ, और इसके आगे मुझे कुछ और नहीं कहना है। मुझे अच्छा लगेगा अगर आप इस फ़ैसले में मेरा साथ देंगे।''

“अंकल को दिक़्क़त रीतिका से थी या किसी और बात से?”

“दिक़्क़त उन्हें उस परम्परा के टूटने से थी जिसमें पिता की बात पत्थर पर लकीर होती है और उसे काटना सबसे बड़ा अपराध। दिक़्क़त उन्हें इस बात से थी कि लोगों में उनकी नाक नीची हो जायेगी। पर उस दिन उन्होंने शायद माँ को एक ऐसी बात कही जिसे सुनकर मैंने उनकी हर परम्परा को नजरअंदाज़ कर के आगे बढ़ने की ठान ली।”

“अरे ...ऐसा क्या.....?”

“माँ ने मुझे बताया कि तेरे पिता जी ने कहा है कि अगर ये अपनी ज़िद नहीं छोड़ रहा तो मुझे लगता है ये मेरा लड़का है ही नहीं। ...मुझे ये बात सुनकर ऐसा लगा जैसे मेरे अंदर बहुत कुछ टूट गया हो .....बस उसके बाद जो हुआ वो तेरे सामने है।”

“चल कोई बात नहीं, गुस्सा आदमी को बेक़ाबू कर देता है, गुस्से में कही बातों का बुरा नहीं मानते। यहाँ सब प्रेम कहानियों में ऐसा ही होता है। पहले सब ऐसे ही गुस्सा दिखाते हैं, बाद में भरत-मिलाप वाला सीन भी देर-सवेर क्रिएट कर देते हैं।”

“उम्मीद करता हूँ कि तेरी बात सच हो, वरना अब जो हो देखा जायेगा। अब तो बस हम कुछ दोस्त रीतिका के घर जायेंगे और जो भी थोड़ी बहुत रस्में हैं, निपटा लेंगे।”

“यार घर जायेंगे? ...वहाँ सब कुछ ठीक तो होगा न? देखना अब कहीं टाँगें मत तुड़वा देना। तेरी तो ससुराल भी गाँव में है, और गाँव वाले .....हे भगवान ....अच्छा रीतिका के घरवाले हमें अटेंड करेंगे न?..बन्दे के मूड का क्या पता चलता है ...कहीं सब अडवांसपना धरा का धरा रह जाये ....और वापिस लौटने तो देंगे सही सलामत? ...भाई तू सब बातें खोल ले पहले .... ।” मैं मज़ाक़ के मूड में आ गया था।

“अच्छा तो अब दोस्त के लिए द-चार जूते खाने पड़ जायें ..तो तुम ऐसे पीठ दिखाओगे। तुमसे तो ऐसी उम्मीद नहीं थी।” रवि ने मुस्कुराकर कहा।

“अरे नहीं मेरे पृथ्वीराज, तू जहाँ कहेगा, चलूँगा तेरे साथ मरने। आगे जो हो सो हो।”

हम दोनों हँसते, बातें करते कब सो गये पता ही नहीं चला।

रात लेट सोये थे तो उठे भी आराम से। धूप की चमक बंद खिड़की से कमरे के भीतर झाँकने लगी थी। मैंने दीवार घड़ी की तरफ़ देखा तो साढ़े आठ का टाइम था। मैं चाय लेने नीचे चला गया।

आज मौसम में धुंध नहीं थी। खिली हुई धूप और धुला-धुला सा नीला आसमान। ठण्ड बढ़गयी थी और धूप में बैठना अच्छा ऐसे लगता था जैसे कोई अपने नर्म हाथों से सर के बालों को सहला रहा हो। हम दोनों चाय पीते हुए छत के कमरे के आगे बने कॉरीडोर में बैठे थे। सामने पड़ोसियों का खुला बग़ीचा नज़र आ रहा था, जिसमें घास से भरा लॉन और उसके इर्द-गिर्द लगे अशोक, कनेर और आँवले के पेड़ जिनके बीच बीच में गेंदे और गुलाब के चमकते खिले फूल बड़े ख़ूबसूरत लग रहे थे। थोड़ी देर बाद वहाँ पड़ी सफ़ेद बेंत की कुर्सियों पर सामने वाले अंकल और आंटी आकर बैठ गये। कितना सूकून था जैसे उनके चेहरे पर, ये भी हो सकता है कि उनके बग़ीचे की रिफ़्लेकशन ने उन्हें ख़ुशगवार बना दिया हो।

रवि और मैं उन दोनों को और उनके बग़ीचे को देखते हुए अपनी चाय पी रहे थे।

रवि बोला, ‘‘देख यार, सामने दिख रही दुनिया दिल को कितना लुभा रही है। इन दोनों की तरह मैंने भी रीतिका के साथ ऐसी न जाने कितनी सुकून भरी कल्पनाएँ की हैं। सुबह-सुबह जब हम दोनों चाय के बड़े मग के साथ इसी तरह बैठे अपने ख़ुशनुमा पलों को याद किया करेंगे। आदमी आख़िर इससे ज़्यादा चाहता क्या है? सारी उम्र गधों की तरह काम करता है कि एक समय आयेगा जब वो ज़िन्दगी को बेफ़िक्री से जियेगा। मैंने अपने घर में ये बेफ़िक्री आज तक नहीं देखी। बस माँ-बाप को हर बात पर बहस करते देखा और अब भी देख रहा हूँ जिसमें जीत सिर्फ़ ज़िद की होनी है और हार एक समझौते की जो हमेशा से सिर्फ़ दूसरा करता आया है। शायद लोग ऐसी ज़िन्दगी जीने के आदी हो चुके हों, क्योंकि ऐसी ज़िन्दगी में साथ रहने की वजह ज़रूरत से ज़्यादा मजबूरी लगती है। मुझे इस कड़ी को तोड़ना है, खुले दिल से जीना है, ये मर्यादा, परम्परा के नाम पर जो प्रेशर और तनाव सारी उम्र आप झेलते हैं, उसे रिजेक्ट करने की हिम्मत जुटानी ही चाहिए।’’

"इश्क़ ने ग़ालिब क्या से क्या बना दिया .....भाई तो तू यार वो क्रांतिकारी और समाज सुधारक टाइप बातें कर रहा है यार ....भाई देख अपना तो फंडा ये है कि जब तक जियो, खुलकर जियो ...वर्ना अपनी क़िस्मत का रोना तो रोने के लिए रहेगा ही। ये पर्सनल लोन का ज़माना है, आज खुल के जिओ, चुकाने के लिए तो बहुत समय है ही।"

"हाँ, अभी तुझे ये सब बातें ऐसी ही लगेगी क्योंकि ज़िम्मेदारी का कोई बोझ पड़ा नहीं ...जिस दिन कोई ज़िम्मेदारी सवार हो गयी ...बच्चू उस दिन देखूँगा तुझे।"

"नहीं मतलब ...ज़िम्मेवारी क्या ....नौकरी कर रहा हूँ ...घर का सियाना बच्चा हूँ ...हाँ प्यार-व्यार अपने बस की बात नहीं है ....दो घड़ी हँस-खेल लिये, यही बहुत है ...और अभी तो खाने खेलने के दिन है यार ....अभी ज़्यादा सोचना भी नहीं मैंने ...बाक़ी जब कुछ होगा तो देखा जायेगा ....हाँ! ये तेरे वाली ज़िम्मेदारी है, उम्मीद है दो हफ़्ते बाद ये भी निपट जायेगी, बस भगवान जूतों से बचा ले ...अभी तक तो साफ़ सुथरी इज़्ज़त बनी हुई है।"

"अच्छा देख, आज एक दो जगह चलकर पहले किराये के लिए घर देखें, अब तेरे लिए यही ज़िम्मेदारी है ..तू मेरा घर सेट करवा ...बाक़ी जो तू कर रहा है, सही है ..इस बात की गारंटी कि तेरी इज़्ज़त पर दाग़ नहीं लगने दूँगा।"

रवि के मोबाइल पर व्हाट्सएप काल आ रही है, वो मोबाइल स्क्रीन की ओर देखता है, "लो आ गया तुम्हरी भाभी का फ़ोन, अब लाइव दर्शन करवा देता हूँ।"

रवि ने कहकर काल रीसिव किया। दिखने में एक सुंदर लड़की, रीतिका सामने थी।

"हेल्लो रीतिका डार्लिंग, व्हाट्सएप ....।"

"फ़ाइन डियर, और क्या चल रहा है?",

"घर छोड़ दिया है, दोस्त के घर में पनाह लिये हूँ, और आज हम दोनों के लिए एक किराये के घर की तलाश में निकलूँगा।",

"ओके ..तो पापा अभी ग़ुस्सा हैं! कोई बात नहीं, आई एम विद यू ऑलवेज़ ...अगर कहो तो मैं भी आ जाऊँ तुम्हरे साथ घर ढूँढ़ने? ...वीकेंड तो

है ही।''

''बात तो बहुत अच्छी है, पर ये अपना यार है न आज इस काम के लिए ...तुम बस एक लिस्ट बनाकर फ़ॉरवर्ड कर दो कि घर और किचन के लिए कौन-कौन सी ज़रूरी चीज़ें चाहिए। ...फिर सन्डे को लंच इकट्ठे करते हैं कार्नर रेस्टोरेंट में ....।''

''हम्म! ...सन्डे ...ठीक है, दो बजे तक आ जाऊँगी ...तो अभी तुम किस दोस्त के घर रह रहे हो?''

''अरे ...ये लो मैं तो तुम्हारी बात करवाना ही भूल गया मंदीप से ..ये देखो मेरे साथ बैठा चाय पी रहा है ..।'' कहकर रवि ने मोबाइल के कैमरे का एंगल मेरी तरफ़ घुमा दिया।

''भाभी जी नमस्ते ...।''

''जी मंदीप, नमस्ते ..आपका थैंक्यू ..आपने इस समय हमारी मदद की।''

''अरे नहीं ...रवि अपना दोस्त है, इतना तो हक़ बनता है, और ये दोस्ती किस काम की।''

''जी, तो कल आप भी ज़रूर आइये रवि के साथ, लंच पर मिलते हैं ....''।

''जी ज़रूर ..अब तो आपकी शादी होने तक आपके साथ ही हूँ।''

''अच्छा क्यों? और शादी हो जाने के बाद साथ नहीं रहेंगे? ऐसे थोड़े न होता है।''

''अरे नहीं ...ये बात नहीं ..मतलब अभी घर ढूँढ़ना है, इसके साथ ज़रूरत का सामान लेना है, बाक़ी सारी उम्र आप दोनों के सम्पर्क में ही रहूँगा, इसका इत्मीनान रखिये।''

''थैंक्स मंदीप जी, आप जैसे दोस्तों का सहारा बहुत हिम्मत देता है।''

''अरे ...थैंक्स भाभी जी।''

रवि ने भी मोबाइल पर रीतिका को बाय किया और हम फिर से एक बार दिन के टास्क पूरा करने के लिए सोचने लगे।

ख़ैर शहर में घूमते-घूमते एक अच्छी कॉलोनी में मकान मिल गया। मकान-मालकिन का स्वभाव बहुत अच्छा था। रवि ने उनसे कुछ भी न छुपाया,

सारी बात बता दी।

"कोई बात नहीं बेटे, पिछले साल तेरी तरह ही एक नयी जोड़ी यहाँ रहने आयी थी घर वालों से रूठकर। अभी दो महीने पहले ही पूरा परिवार लेने आया। माँ-बाप की नाराज़गी भी भला ज़्यादा देर रहती है कहीं? ......तेरा भी सब कुशल-मंगल होगा। तू बेफ़िक्र होकर आगे बढ़, भगवान ने यहाँ तक इस रिश्ते को पहुँचाया है, आगे भी उसकी मर्ज़ी।" मकान मालकिन आंटी ने कहा।

"जी आंटी ...बाक़ी कुछ ज़रूरी बर्तन और सामान वग़ैरह मैं आज ही ख़रीद कर सेटिंग कर लेता हूँ।"

"देख बेटा कमरे में बैड, कुर्सी-मेज़ वग़ैरह लगा है ...अब मेरा लड़का तो रह रहा है विदेश में ....तो उसका सामान भी पड़ा ही है। बाक़ी घर की ज़रूरत क्या-क्या है ....जब लड़की ले आओगे तो वो सब ख़रीदना सिखा देगी।"

"धन्यवाद आंटी जी, तो आज थोड़ा बहुत सामान मैं सेट कर लूँगा, बाक़ी कल तो रीतिका आ ही जायेगी।" कहकर हम दोनों ने बाक़ी सामान ख़रीदने के लिए विदा ली।

"अब देख सब कुछ ठीक-ठाक हो गया है, घर भी मिल गया, मकान मालकिन ने भी दरिया-दिली दिखा दी ....अब बस कल का दिन शुभ-शुभ गुज़र जाये।

सारा दिन रवि और मैं घर और अगले दिन की शादी के लिए थोड़ा बहुत सामान जुटाते रहे। थक हारकर शाम को उसके किराये पर लिये मकान में बैठे तो गिल और वर्मा भी आ गया।

"देख भाई कल रीतिका के घर जाकर सारा प्रोग्राम करने से ज़्यादा क्यों न कोर्ट में ही काम निपटा लें। वहीं बुला लेते हैं उनके घरवालों को।" गिल ने अपनी तान छेड़ी।

"क्यों बेटा ...कल वहाँ ठाकुरों के घर जाने से डर लग रहा है? ...... वैसे डर तो मैं भी रहा हूँ पर अब यार रवि का मामला है, अपना दोस्त है तो इतनी क़ुर्बानी के लिए तो हिम्मत जुटानी ही होगी...।" वर्मा ने हिचकते हुए कहा।

"देखो अभी ही तय कर लो, वरना बन्दा तो अपनी बन्दी को लेने कल जा रहा है। तुम साथ चलोगे तो कार ले जायेंगे, वरना अपनी बुलेट तो है ही।" रवि

ने हँसते हुए कहा।

"बेटा ये इस शहर की पहली शांतिपूर्ण ढंग से होने वाली शादी होगीजहाँ लड़की के घरवाले इतनी इज़्ज़त से विवाह करवा रहे हैं वरना थाने-कचहरी में जाकर मामला निपटता देखा है कई बार। अब कल तेरे साथ जाना है तो जाना ही है। तू घबरा मत यक़ीन रख ..।" गिल ने फिर मुस्कुराते हुए हम सब की तरफ़ देखकर कहा।

वैसे रवि सब कुछ तय कर चुका था। ख़ुद मेरी रीतिका के पापा से बात हुई थी। उन्होंने कहा भी था, "बेटा चाहे तुम चार लोग ही आओ.. पर सब कार्यक्रम घर में करेंगे और हमने कौन-सा कोई फेरे डलवाने हैं। घर के लोग होंगेहोंगे, चाय नाश्ता कर लेंगे बैठकर। अपनी लड़की का घर बसाना है और वो भी उसकी इच्छा का सम्मान करते हुए। कोई चोरी थोड़े ही करनी है। कोर्ट जाकर बाद में ये अपना विवाह रजिस्टर्ड करवाते रहें। हमें क्या दिक्क़त है।"

आख़िर वो शुभ सुबह आ ही गयी। हम सभी दोस्त तो जा ही रहे थे। रवि ने मकान मालकिन आंटी को भी साथ जाने के लिए राज़ी कर लिया। इसके लिए रीतिका की मम्मी से उनकी बात भी करवा दी। आंटी और हम चारों रीतिका के घर की तरफ़ चल पड़े। जाते समय रवि कभी-कभी थोड़ा ग़मगीन लगता। उसे कहीं न कहीं अपने मम्मी-पापा की कमी तो खल ही रही थी।

"बेटा उदास मत हो, भरोसा रख, तेरे माँ-बाप साल कुछ ही महीने में तुम दोनों को अपना लेंगे।" आंटी ने उसे जैसे हौसला दिया।

रीतिका के घर पहुँचे तो दस बारह लोग जिनमें आधी औरतें थीं, ने हमारा स्वागत किया।

गिल अभी भी थोड़ा मज़ाक़ के मूड में था। कोका कोला पीते हुए बोला,

"यार जाने स्वागत कर रहे हैं कि घेर रहे है, वो छः फुट के मूछों वाले जवान देखो, लग रहा है अभी दरवाज़ा बंद करके हमारी धुनाई शुरू कर देंगे।"

"तुम रसगुल्ला लपेटो, अब जो भाग्य में लिखा होगा वही होगा, भागने का चांस तो वैसे भी नहीं हैं।" मैंने भी उसी की तर्ज़ में कह दिया।

"क्या खुसर-पुसर लगा रखी है तुम दोनों ने? ऐसे ही गिल को ज़्यादा डराओ मत। कोर्ट-कचहरी वाला आदमी है, बीस बातें सोच के चलता है।" रवि

ने धीरे से हम दोनों के कान में फुसफुसाया।

रीतिका भाभी को कमरे में लाया गया और रवि के बग़ल में बिठा दिया गया।

"और सब बढ़िया, कोई घबराहट तो नहीं?" रीतिका ने बिना किसी हिचक के हमारी तरफ़ देखखर कहा और रवि के साथ हँसने लगी।

हम रवि और रेचक का ये खुलापन और आत्मविश्वास देखकर हैरान हुए और गिल तो शर्मिंदा हो गया।

फिर सब घरवालों ने अपना-अपना आशीर्वाद दोनों को दिया। सेल्फ़ी और मोबाइल से सबने अपना-अपना फ़ोटो लिया। अब गिल पूरे मज़े में रीतिका के पापा के साथ गप्पे हाँकहाँक रहा था।

शगुन, तिलक वग़ैरह की फ़ॉर्मेलिटी पूरी कर हम सब पूरे ख़ुशनुमा माहौल में वहाँ से विदा हुए।

सब दोस्तों के मन में अब अपने-अपने प्रेम के लड्डू फूट रहे थे।

"यार अपना भी कुछ ऐसा ही जुगाड़ हो जाय।" गिल ने चलती कार में ठंडी आह लेते हुए कहा तो सब ठहाका लगा कर हँस पड़े।

3

हिटलर की तस्वीर

मैं उसके इरादों को भाँप-सा गया। ये भी हो सकता था कि मैं ग़लत होता। आदमी इतना गिर कैसे सकता है। सोचते-सोचते पता ही न चला कि कब आँख लग गयी। गहराती रात में जो सन्नाटा होता है उसमें कई आवाज़ें आपसे बहस करती, रूठती-मनाती कब सपनों की खिड़की से कैसे दृश्य लेकर सामने आ जायें, यह कहना मुश्किल होता है। शायद सपने में आप बिल्कुल असहाय हो जाते हैं।

यूनिवर्सिटी में पढ़ते हुए ऐसा सुना था कि यह आदमी की सोच और समझ नये आकार लेती है, उसमें नयी आशाएँ पैदा करती है; एक सुनहरे भविष्य की स्वप्निल आशा और सुरक्षित जीवन की उम्मीद। कुछ ऐसी ही उम्मीदों के साथ पढ़ते-लिखते खाते-पीते सीखते-समझते नये और पुराने मित्र-शत्रु मिलते गये, बिछुड़ते गये, बदलते गये। इन्हीं में से एक मित्र वो था जो आज तक दिमाग़ में कौंधता है। शायद इतने बरसों पहले घटी उस रात ने मुझे कई बार जगाया है, उस रात में कही बातें मुझे अपने सोये हुए बच्चों को देखकर याद आती हैं। मैं न चाहते हुए भी डर जाता हूँ ये सोचकर कि आदमी के इरादों को सूँघ लेना भी उसे जान लेने जैसा होता है।

"यार कोर्स तो पूरा हो गया, एक-दो महीने में डिग्री भी मिल ही जायेगी, पर .....।"

हँसते और चुटकले सुनाते हुए वो तीन पेग पी चुका था। न जाने ये चिंता बीच में कहाँ से आ गयी; होस्टल का लास्ट डे था। बिछुड़ने के इस पल को उत्सव में बदलने के लिए हम तीन थे, वो मैं और एक अंग्रेज़ी अद्धा। कमरे की दीवार पर चिपका हिटलर का पोस्टर बिना मुस्कुराये हम दोनों को घूर रहा था। मैंने उसे कभी उतारा नहीं क्योंकि ये मेरे इस दोस्त का दिया गया एक सप्रेम उपहार था।

ख़ैर मैंने इस आनंदमयी माहौल को इस तरह की बातों में ज़ाया न करने की

हर कोशिश को नकारते हुए कहा, "अरे यार, तुम ये बताओ कि भाभी से शादी का इरादा कब है? पिछले तीन साल की तुम लोगों की लव स्टोरी तो परवान चढ़ेगी ही, सब दोस्त दुबारा इकट्ठे होंगे उस दिन। मैं तो भाई पूरा प्रोग्राम अभी से सोच के बैठा हूँ।"

"भाभी को घर ले जाने के लिए एक शानदार नौकरी मिल जाये, सब प्रोग्राम पूरे होंगे यार। पर ये साले जो अपने से पहले डिग्री ले लेकर बैठे हैं, सब अभी सड़क पर ही बेरोज़गार की तख़्ती लटकाये घूम रहे हैं। पर मैं तेरी भाभी को खोना नहीं चाहता, नौकरी वौकरी तो मुझे उससे करवानी नहीं है, मैंने साफ़ कह दिया है उसे।"

"कर भी ले तो बुरा क्या है, दोनों ऐश करोगे।"

"तू जानता है, मम्मी-पापा दोनों नौकरी में थे, पैसे-टके की कभी कोई कमी नहीं रही। हम दो भाई बहन बचपन से होस्टल में पढ़े, मम्मी पापा के पास टाइम नहीं था हमारे लिए। हाँ, छुट्टियों में कभी-कभार आते या नौकर के हाथ खाने पीने का सामान भिजवा देते। हम बड़े होते गये और यह सिलसिला बना रहा। पूरा बचपन और आधी जवानी होस्टल में निकल गयी। अब भी अगर घर न जाऊँ तो कोई ज़्यादा फ़र्क़ उन्हें पड़ने वाला नहीं। हाँ, पैसे जब चाहूँ, मँगवा सकता हूँ। शायद उन्हें ऐसा सम्बंध ही अच्छा लगता हैं। अब तो फ़ोन पर बात करना भी एक फ़ॉर्मेलिटी-सी लगती हैं।" -

वो भावुक हो गया था या उसका कोई रोष सामने प्रकट हो रहा था शायद मैं भी पीते समय इसका सही अंदाज़ा नहीं लगा पा रहा था। फिर भी नशे का सुरूर इतना हावी नहीं था कि मैं उसकी कही बातों को समझ न सकूँ।

"तुम्हें पता है अब एक-दो साल में दोनों रिटायर हो जायेंगे, इस दौरान अगर मैं इस बेरोज़गारी के दौर में नौकरी पा जाऊँ तो कम से कम अपनी पत्नी और बच्चों के साथ मम्मी-पापा जैसी ज़िन्दगी तो नहीं दोहराऊँगा। मुझे घर में रहने की बड़ी देर से प्रतीक्षा है, मैं घर के मायने अपने भीतर समाना चाहता हूँ।"

वो शायद नशे में भावुक ही हो रहा था। घर के बारे में सोचते हुए वो टेबल पर उँगली से गोल-गोल रोटी जैसा चक्कर बनाने लगा। मैं और पीने के मूड में नहीं था पर उसने अपना गिलास फिर भर लिया।

सुना था कि आदमी नशे में अपनी सारी गाँठों से मुक्त हो जाता है। मेरे

मित्र के अंदर भी पुरानी गाँठें थीं जिन्हें शायद वो किसी गंभीर बीमारी बनने से पहले ही अंदर से निकाल देना चाहता था।

मोबाइल की घंटी बजी तो उसने स्क्रीन को कुछ देर ताका और फिर कॉल पिक कर ली-

"हाँ! हाँ!....ठीक है....जी पापा... अच्छा ....कल दो बजे तक लौटूँगा... जी हाँ! शर्मा अंकल से ले लूँगा ... ठीक है... ओ के।"

"और घर जा रहे हो क्या कल?" मैंने उसकी बातों से अंदाज़ा लगाया।

"हाँ जाना ही पड़ेगा, साली पढ़ाई जो ख़त्म हो गयी है। पापा कह रहे हैं बेटा हम कल दोपहर किसी पार्टी में जा रहे है, देर शाम तक लौटेंगे, पड़ोसी से चाबी ले लेना। मैं लगभग डेढ़ महीने बाद घर लौट रहा हूँ। घर पहुँचुँगा तो मेरे इंतज़ार में घर का पालतू कुत्ता और घर के बाहर पड़ा ताला होगा। तुम्हें पता है कि यहाँ मेरे कमरे की चाबी मैं घर से आकर तुमसे लेता हूँ और कल घर की चाबी पड़ोसी से लूँगा। यार मुझे कई बार लगता है कि मैं किराये के मकानों में भटक रहा हूँ और मेरा पक्का ठिकाना अभी तक कोई बन ही नहीं सका, रिश्ते भी बस ऐसे ही हैं जैसे किसी शरणार्थी कैंप में रहने वालों के सेना के साथ होते हैं।"

"यार ऐसा नहीं सोचते, अंकल-आंटी को कहीं ज़रूरी जाना होगा वरना ......।"

उसने मेरी बात पूरी नहीं होने दी।

"जब से मैंने होश सँभाला है, सारी दुनिया उनके लिए ज़रूरी बनी रही, बस मैं ही फ़ालतू रहा। क्या वाक़ई माँ-बाप ऐसे होते है? किसी किताब में तो आज तक ऐसा नहीं पढ़ा-देखा।"

मैं क्या कहता, वो काफ़ी पी चुका था और भावुक था उसकी आँखों में पानी था।

उसने कई बार सर झुककर आँखें पोंछीं, फिर कुछ देर मौन हो गया।

"अच्छा हाँ, तूने नौकरी के बारे में क्या सोचा और घर कब जा रहा है?"

"हाँ! मुझे कल यहाँ कुछ लाइब्रेरी की किताबें लौटानी हैं फिर जाऊँगा। मेरे गाँव के नज़दीक एक इंश्योरेंस कम्पनी का दफ़्तर है वहीं मार्केटिंग मैनेजर की जॉब की इंटरव्यू पर जाना है, देखते हैं फिर... ।"

"यार ये अपना क्लासमेट था न महेश! बड़ा लकी निकला, बैंक की सरकारी नौकरी मिल गयी उसे। पहले चांस में ही पी.ओ. का पेपर क्लीयर कर गया।"

"हाँ भाई, ट्राय तो हमने भी किया था पर जनरल केटेगरी की मेरिट बड़ी ऊँची गयी।"

"ये सिस्टम ही ऐसा है।"

वो उठकर खड़ा हो गया। नशे का सुरूर उसकी आँखों में तैर रहा था।

"अरे यार जा रहे हो क्या? यहीं सो जाओ!"

"जाना तो है ही, मुझे सुबह उठकर थोड़ा सामान समेटना है इसलिए अपने रूम में ही सोऊँगा।"

वो कुछ क़दम चला, फिर वापस आकर मेरे सामने बैठ गया।

"अच्छा यार, ये जिनके माँ-बाप सरकारी नौकरी में होते हैं और रिटायर होने से पहले जिनकी मौत हो जाती है फिर......।"

"फिर क्या?"

"नहीं, मतलब उनके बच्चों को उनकी जगह ...।"

"हाँ! हाँ! ऐसा सिस्टम है कि उनकी जगह उनकी औलाद को नौकरी दे दी जाती है, दया के आधार पर।"

"उसी पद पर नियुक्ति होती होगी जिस पद पर शायद आदमी नौकरी करते हुए मरा हो?"

"अब यार इसके बारे में मुझे ज़्यादा पता नहीं है, हाँ पर नौकरी ज़रूर मिल जाती है।"

"चलो इस बेकारी के दौर में सरकार इतनी तो दया कर ही लेती है।"

"क्यों, कोई घटना घटी है क्या किसी के साथ।"

"कब क्या हो जाये किसको पता है! मैं तो बस जानकारी के लिए पूछ रहा था.....अच्छा चलता हूँ, फ़ोन करता रहूँगा। मुझे कल सुबह ही निकलना है।"

कहकर वो मेरे गले मिला और चला गया। मैं भी सोने के मूड में था। रात के साढ़े बारह बज रहे थे। अपने दोस्त की बातों के बारे में सोचते-सोचते सो गया।

 प्यार बिना चैन कहाँ

अजीब-सा सपना था, जैसे मेरा कोई अपना मुझे सोते समय गला दबाकर मारने की कोशिश कर रहा हो। मैं हड़बड़ाकर उठ बैठा, सिरहाने रखा पानी पिया। मोबाइल की स्क्रीन पर चेक किया तो साढ़े चार बज रहे थे।

''मुझे ऐसा सपना क्यों आया...क्या कोई फ़िल्म, घटना या कोई क़िस्सा मैंने पढ़ा था जो मेरे अवचेतन में कहीं रह गया और उसी के कारण यह सपना आया?......पर जहाँ तक मुझे याद पड़ता है ऐसी कोई भी बात मुझसे सम्बंधित नहीं थी। मेरा किसी के साथ कोई झगड़ा भी नहीं हुआ...रात भी वो और मैं खा-पीकर सोये हैं तब भी कोई ऐसी बात.....यहाँ तक कि मार काट वाला इतिहास पढ़कर भी मैं सोया नहीं था। अचानक मेरा माथा ठनका, मैं जो सोच रहा था मुझे वो मन का ही वहम लगा। भावुकता अच्छी भी है और ख़तरनाक भी।

मुझे अपनी इस सोच पर शायद थोड़ी हँसी भी आयी। मैंने सब बातें सोचना छोड़ दोबारा सोने की कोशिश की, इधर-उधर करवटें बदलते हुए मुझे लगा कि मैं अपनी नींद पूरी कर चुका हूँ। अचानक साढ़े पाँच बजे वाली ट्रेन की सीटी कुछ दूरी पर गुज़रती रेल पटरी पर सुनी, होस्टल से कुछ ही दूरी पर ये रेल पटरी गुज़रती थी। मुझे याद आया कि आज तो वो घर लौट रहा है, सुबह आठ बजे तक चला ही जायेगा। सोचते हुए मैंने कपड़े पहने और उसके कमरे की तरफ़ तेज़ चाल से बढ़ गया।

''क्यों भाई, मेरे जाने की चिंता में नींद नहीं आयी? चलो नीचे मेस में चलकर चाय पीते हैं।'' वो मुझे देखकर ख़ुश हुआ।

''हाँ-हाँ, चाय तो पी लेंगे, दो मिनट बातें कर लें पहले; अगर जल्दी न हो तुम्हें।''

''जल्दी तो है, जाने से पहले तेरी भाभी को उसके हॉस्टल के बाहर मिलकर जाना है, पर तू भी तो मेरा यार है...आ बैठ।''

''कल रात तुम जो पूछ रहे थे ..... ''

''क्या पूछ रहा था भाई? अब तो मुझे कुछ याद नहीं, शायद ज़्यादा ही पी ली थी। मुझे तो ये भी याद नहीं मैं अपने कमरे में कैसे आया।''

''देख भाई, तुझे मेरी क़सम, अपनी दोस्ती का वास्ता देकर पूछता हूँ .... ।''

"क्या हुआ यार, कोई गाली वाली दी क्या मैंने रात में...यार आई एम सारी। तुझसे कोई नाराज़गी नहीं है, नशे में कुछ बोल गया हूँ तो अपना भाई समझकर माफ़ कर देना।"

"ऐसा कुछ नहीं हुआ है....वो जो तुम नौकरी की बात कर रहे थे ...दया के आधार पर।"

"अच्छा वो ....वो तो ऐसे ही..बस।"

उसकी आवाज़ कँपकपाने लगी, वो इधर-उधर देखकर बात करने लगा। उसकी नज़र भटकने लगी जैसे कुछ भी देखना न चाहती हो।

"तू मेरा सबसे प्यारा दोस्त है, मेरे सर पर हाथ रखकर मुझे अपनी मंशा बता, मैं बहुत डर महसूस कर रहा हूँ।"

कुछ देर अजीब-सी चुप्पी हम दोनों के बीच छा गयी। अचानक उसके मोबाइल की घण्टी बजी-

"हाँ पापा... नमस्ते ..जी..ट्रेन दस बजे की है ..क्यों..आप को तो कहीं जाना था ...मैं आ जाऊँगा ..अच्छा स्टेशन पर...आप ख़ुद आ रहे हैं..जी ठीक है..मिलते हैं .. ।"

बात करने के बाद वो कुछ सोचने लगा और फिर रोने लगा।

"क्या हुआ, सब ठीक तो है न घर में?"

मैंने उसे कँधे पर हाथ रखकर पूछा।

"तुम ये जानना चाहते थे न कि मैं रात को वो दया वाली नौकरी के बारे में क्यों पूछ रहा था? ...मेरे मन में पाप पैदा हो गया था..अपने पापा की हत्या करने का पाप...कि उनके मरते ही मेरी नौकरी पक्की हो जायेगी। वैसे भी कोई ऐसा रिश्ता हमारे बीच शायद बन ही नहीं पाया जो मुझे ऐसा सोचने से रोक पाता, पर आज मैं एक बहुत बड़ी ग़लती करने से बच गया हूँ। ...तुम्हें पता है, अभी पापा का फ़ोन था, मुझे ख़ुद स्टेशन लेने आयेगे। मेरा जी करता है कि उड़कर उनके पास पहुँच जाऊँ और छोटे बच्चे की तरह उनकी गोद में चढ़कर गले लग जाऊँ।"

कहकर वो बेतहाशा रोने लगा। मेरी आत्मा तक काँप गयी उसके इस भयानक इरादे का सारा आधार खुलता-सा गया।

समय बीतता गया, नये रिश्ते बने, और मैं इतने सालों बाद अपने बच्चों के

बीच केवल एक सुखद एहसास के कारण उस बात को भूल पाता हूँ। सोचता हूँ कि अगर उस दिन सुबह उसके कमरे तक पहुँचने से पहले उसके पापा को फ़ोन कर अपने बेटे को ज़रा-सा प्यार देने के लिए न समझाता तो शायद क्या हो जाता? और हाँ अब मेरे कमरे में किसी हिटलर के पोस्टर की कोई जगह नहीं है।

4
किताबों की दुकान

गर्मी की छुट्टियाँ फिर आ गयी हैं। हर साल जून के महीने में आती हैं, बच्चे हर बार की तरह तेज़ गर्मी से बचते-बचाते घरों में दुबक जाते हैं। खेलने के लिए सुबह और शाम मुश्किल से बचते हैं, मुश्किल होता है दोपहर काटना। मैं हर साल अपने बचपन के दिनों को याद करता हूँ, इन गर्मियों की छुट्टियों में। मुझे लूडो खेलते, कॉमिक्स पढ़ते, कैरम बोर्ड और शतरंज खेलते दोपहर का वक़्त याद आता है। कभी मैं अपने पड़ोसी दोस्त के घर जाता और कभी वो मेरे घर आता। हम दो तीन दोस्त इस तरह अपना समय बिताते, सबसे मज़ेदार चीज़ थी कॉमिक्स पढ़ना। हम अपने सलेब्स में हिंदी-अंग्रेज़ी की कहानियाँ तो पहले ही पढ़ डालते पर कॉमिक्स का जो मज़ा था, उसकी बात ही अलग थी। घर के पास वाले बाज़ार में मनोज की दुकान थी। कॉमिक्स का ख़ज़ाना थी यह दुकान। मनोज दुकान में काउंटर के पीछे खड़ा होता और उसके दायें बायें बनीं अलमारियों में कॉमिक्स के ढेर पड़े रहते। नयी आयी कॉमिक्स को वो अपनी दुकान के दरवाज़े के एक सिरे से दूसरे सिरे तक रस्सी बाँधकर लटका देता। चाचा चौधरी, बिल्लू, पिंकी, नागराज, ध्रुव, राम-रहीम, महाबली शाका, फौलादी सिंह, चन्नी चाची, चन्दा-मामा, नन्दन, चम्पक और कितने नाम गिनाऊँ। सब कॉमिक्स एक से एक थीं।

उन दिनों कॉमिक्स के पतले अंक के साथ-साथ मोटा अंक भी आना शुरू हो गया था। हिंदी-अंग्रेज़ी में कॉमिक्स आती थीं पर हमारे बीच हिंदी की कॉमिक्स ही लोकप्रिय थीं। मनोज की दुकान पर छुट्टियों में अक्सर भीड़ रहती, कॉमिक्स ख़रीदने का क्रेज़ ज़्यादा नहीं था मनोज किराये पर दिया करता। पचास पैसे से लेकर दो रुपये प्रति दिन किराया होता। यूँ कॉमिक्स पाँच से दस रुपये में ख़रीदी भी जा सकती थी पर हम सभी दोस्त सोचा करते कि कॉमिक्स किराये पर लेकर पढ़ेंगे। हम सब छुट्टियों में दस-दस रुपये कॉमिक्स के लिए बचाया करते जो कॉमिक्स मैं किराये पर लाता, हम तीनों उसे बारी-बारी दो-तीन घण्टे में पढ़

डालते। इस तरह जो कॉमिक्स हम में से एक किराये पर लेता, वो तीनों के काम आती, ऐसे हम बहुत-सी कॉमिक्स पढ़ने का आनन्द उठा लेते। पढ़ने का क्रेज़ ऐसा कि समय और खाने पीने का कोई ध्यान न रहता। घरवाले आवाज़ें देकर थक जाते कि ''खाना खा लो, चाय पी लो'' पर सब व्यर्थ। कॉमिक्सजहाँ-जहाँ ख़त्म होती कई बार वहाँ-वहाँ लिखा होता ''आगे क्या होगा? जानने के लिए अगले अंक में पढ़ें'' इस प्रकार हमें नया अंक पढ़ने की ललक लगी रहती।

हम मनोज के पक्के ग्राहक थे, इसलिए वो कभी-कभार हमसे उधार भी कर लेता। दसवीं कक्षा के बाद मनोज का पढ़ाई में मन नहीं लगा, तो उसके पिता जी ने उसे ये दुकान खुलवा दी थी। हम सोचते कि मनोज की तो बड़ी मौज है, इतनी सारी कॉमिक्स के बीच रहता है सारा दिन। उसका जब मन करता होगा, कॉमिक्स पढ़ लेता होगा, कमाई भी मज़ा भी। काश! हमारे पास भी मनोज की तरह इतनी सारी कॉमिक्स हों। ख़ैर किराये पर मिल रही थीं यही ग़नीमत थी। मुझे लगता है कि जो चीज़ें हमें किफ़ायत से मिलती हैं, उन्हें पाने का सुख उतना ही ज़्यादा होता है। बचपन में जब भी समोसे और मिठाई का मन होता तो सोचा करते कि उस हलवाई को तो मौज लगी होगी जो सारा दिन इन मिठाइयों के बीच रहता है, पर अब जैसे असल बात समझ में आयी हो।

वैसे हम तीनों में से जब भी कोई किसी रिश्तेदार के घर ट्रेन से जाता तो हमारी सबसे पहले यही योजना होती कि किस स्टेशन पर बनी किताबों की दुकान से कौन-सी कॉमिक्स ख़रीदनी है। कॉमिक्स ख़रीदकर दिलवाने में माँ-बाप कभी इंकार न करते। शायद ये भी एक बड़ा कारण था कि हम बच्चे किताबों से जुड़े हुए थे। उन दिनों आजकल की तरह मोबाइल गेम्स, लैपटॉप, वीडियो गेम्स और चौबीस घण्टे टी. वी. पर चलने वाले कार्टून नहीं थे। बस इतवार की सुबह टी.वी. पर बच्चों के लिए 'ही-मैन', रामायण और फिर महाभारत या चन्द्रकान्ता आया करता, शाम को फ़िल्म। कई बार बिजली न होती तो कॉमिक्स या लूडो ही सहारा बनते समय बिताने के लिए। चाचा जी, बुआ, मासी या चाची हमारे साथ कभी-कभार लूडो खेला करते, अंताक्षरी भी खेलते।

''समय बिताने के लिए करना है कुछ काम, शुरू करो अंताक्षरी लेकर हरि का नाम।''

ख़ैर मनोज की दुकान हमारी ज़िन्दगी का बड़ा हिस्सा रही। दसवीं कक्षा के

बाद पढ़ाई और होस्टल के चक्कर में ऐसे उलझे कि सब पीछे छूट गया। पढ़ाई पूरी हुई तो नौकरी शुरू हो गयी और फिर शादी, सेविंग और बच्चों की गृहस्थी। अब ज़माना बदल गया है। बच्चे छुट्टियों में सारा दिन चलने वाले टी.वी. कार्टून, मोबाइल गेम्स और वीडियो गेम्स के बीच अपना समय बिता रहे हैं। गप्पबाज़ी और इकट्ठे बैठकर तोड़े में ख़ुश रहने का अब वो युग जैसे बीत चुका हो।

पिछले साल जब गर्मी की छुट्टियाँ हुईं तो अपने शहर, अपने घर लौटा। बैठे-बैठे सोचा कि क्यों न बच्चों को कॉमिक्स पढ़ने के लिए प्रेरित किया जाये। अपनी अलमारी में से ढूँढ़ने की कोशिश की तो दो कॉमिक्स मिल गयीं। बच्चों को दीं तो पहले उन्होंने ना-नुकर की, पर फिर जैसे उन्हें अच्छी लगीं और वे पढ़कर और माँगने लगे।

"क्या अब भी शहर में मनोज की कॉमिक्स की दुकान होगी?"

"क्या मनोज अब भी कॉमिक्स का काम करता होगा?"

सोचकर शहर के पुराने बाज़ार में जाने का मन बनाया। बच्चों को साथ लिया और मनोज की दुकान पर पहुँचा पर ये क्या? अब वहाँ शीशे लगी कम्प्यूटर हार्डवेयर की दुकान थी।

"कॉमिक्स की दुकान कहाँ गयी? मनोज कहाँ गया?" ये प्रश्न मेरे मन में घूमने लगा।

मनोज के साथ वाली भल्लू हलवाई की दुकान अब भी वहीं थी। इस दुकान की स्वादिष्ट ख़स्ता कचौरी कितनी बार खायी थी। भल्लू हलवाई बूढ़ी हालत में दुकान के भीतर एक कुर्सी पर बैठा था। उनसे मनोज के बारे में पूछा तो कहने लगे,

"अरे बेटा, ज़माना बदल गया तो कारोबार और धंधा भी बदल गया। खोये की बर्फ़ी के साथ अब चॉकलेट बर्फ़ी भी बनानी पड़ती है। मनोज का तो ऐसा है कि ये दुकान किराये पर थी, जब टी.वी., कम्प्यूटर और मोबाइल का ज़माना छाने लगा तो कॉमिक्स कौन पढ़ता। मनोज का धंधा मंदा पड़ गया था, अब तो वो कॉलेज के पास एक दुकान में फ़ोटो स्टेट का काम करता है, वहीं चले जाओ।"

उनकी बात तो ख़ैर सही थी, अब बाज़ार में हर जगह टेक्नोलोजी का ही प्रभाव था। जहाँ थान देखो मोबाइल की दुकानें, वीडियो गेम्ज़ और मोबाइल गेम का क्रेज़। कॉमिक्स वाला कोना और दृश्य तो सब जगह नादारद था, इक्का-

दुक्का स्टेशन पर थी तो बस वही थी।

मैंने बच्चों के साथ भल्लू के स्वादिष्ट समोसा-कचौरी खाये और कॉलेज की तरफ़ मनोज की दुकान पर चला गया। मनोज ने शायद मुझे पहचाना नहीं था पर मैं उसे देखते ही पहचान गया। वही बात करने का अंदाज़, साँवला रंग, माथे पर तिलक और क़मीज़-पायजामा पहने वह अपने काम में व्यस्त था। फ़ोटो स्टेट का ज़ोर था।

"मनोज भाई, नमस्कार।"

"जी नमस्कार कहिये ..क्या फ़ोटो कापी करवाना है?"

"आपने पहचाना नहीं, बचपन में आपसे कॉमिक्स लेकर पढ़ा करते थे हम सब दोस्त।" मैंने मुस्कुराकर कहा।

मनोज ने चेहरे की तरफ़ देखा और मुस्कराते हुए बोला, "अरे राजन ..., आइये भाई, बड़े दिनों बाद मिले, ... कहाँ हैं आजकल? "

"अरे यार,जहाँ-जहाँ रोज़गार ले जाये, वहीं जाना पड़ता है। ख़ैर और सुनाओ, अपनी कॉमिक्स वग़ैरह कहाँ गयीं सब?"

"अब कहाँ वो कामिक्स वाले दिन बचे हैं?....ऐसा है अब कॉमिक्स कोई बच्चा पढ़ता भी कहाँ हैं?...., कहीं-कहीं मिलती है तो बहुत महँगी है, जिसे ख़रीदना ही वो ख़रीद कर पढ़ लेता है। सुना है अब ई-बुक में भी आ गयी हैं! लोग मोबाइल पर ही पढ़ लेते हैं; रेलवे स्टेशन पर मिल जाती हैं कहीं-कहीं। इस शहर में तो कोई पढ़ता नहीं, अब किराये पर भी कोई नहीं ले जाता। शुरु-शुरू में जब धंधा मन्दा हुआ तो मैंने बहुत-सी कॉमिक्स ओने-पौने दाम में बेच दीं। फ़ोटो स्टेट की दुकान कर ली, पर हाँ ......कुछ कॉमिक्स बची हैं, वो पीछे अलमारी में पड़ी हैं।"

मनोज की बात सुनकर मेरी आँखों में चमक आ गयी।

"मनोज भाई अगर हम चाहे तो बच्चे अब भी पढ़ सकते हैं, ख़ैर मैं चाहूँगा कि तुम मुझे वो सारी कॉमिक्स दे दो, मैं उसे ख़रीदने को तैयार हूँ, मुझे ख़ुशी होगी यदि मेरे बच्चे उन्हें पढ़ सकें।"

मनोज मेरी बात सुनकर ख़ुश हो गया और उसने अपने बेटे को कहकर अलमारी से पुरानी कॉमिक्स निकलवा लीं।

मुझे कॉमिक्स देखकर लगा जैसे कोई ख़ज़ाना मिल गया हो। मनोज ने चाय भी मँगवा ली। हम कितनी देर तक ढेरों बातें करते रहे। मनोज ने कॉमिक्स के पैसे लेने से इंकार किया पर मैंने उसे पैसे दे ही दिये।

''मनोज भाई, मैं अपने पुराने दोस्तों से भी कहूँगा और हम कोशिश करेंगे कि कम से कम अपने बच्चों में पढ़ने की आदत बनाये रखें। आपके लिए बहुत-सी दुआएँ! आपकी कॉमिक्स की दुकान मेरे दिल में हमेशा ज़िन्दा रहेगी।'' मैंने कहकर विदा ली।

आप सच मानिये कॉमिक्स पढ़ते हुए वे मोबाइल और कार्टून देखना बिल्कुल भूल गये और मेरे बच्चों को कॉमिक्स पढ़ता देख मुझे जो सुकून मिला वो अनमोल है; लगा जैसे बचपन लौट आया हो।

5

वेलेंटाइन की एक दोपहर

सर्दियों की ये दोपहर जैसे बहुत ख़ुशगवार लग रही है, पतझड़ है पर फिर भी फूलों पर बहार है। हरी घास से ढका मैदान और उसके किनारे पर खिले गुलाब और गेंदा के फूल, मानो कोई प्रेमिका रंग-बिरंगे फूलों की कढ़ाई वाला हरा शाल लिये अलसाई-सी पड़ी हो। बीचो-बीच लगे एक बेंच पर एक लड़का और लड़की दिख रहे हैं। दोपहर का ये समय इस पार्क में ज़्यादा भीड़-भाड़ वाला नहीं है। बस इधर-उधर कुछ प्रेमी-प्रेमिकाएँ हँसते खिलखिलाते, छुपते-छिपाते जैसे अपनी ही दुनिया में खोये हैं।

"तुम्हारी ख़ुशबू मुझे पागल कर देती है, जैसे किसी नये पैदा हुए बच्चे से आती है। कौन-सा परफ़्यूम है ये?"

"ख़ुद तो तुम परफ़्यूम में पूरे नहा के आते हो जैसे कोई जलती हुई सुगन्धित अगरबत्ती महक रही हो। मुझे तो वैसे ही जुकाम हो जाता है परफ़्यूम से ....इसलिए मैंने कभी नहीं लगाया ....तुम्हें तो बस ऐसे ही डायलॉग सूझ रहे हैं....तुम्हें अपनी ही महक आ रही होगी।"

"लो डायलॉग कैसा, जो है सो है, बाक़ी पता तो हिरन को भी नहीं होता कि कस्तूरी की जो महक उसे महसूस होती है वो उसके अंदर ही है।"

"अच्छा तो अब तुम मुझे हिरन बना डालो। ....ख़ुशबू ....हिरन ...कस्तूरी ....आजकल कविता भी लिखने लगे हो क्या? ....तुम्हारे एच. आर. डिपार्टमेंट का तो भगवान ही मालिक .....हे भगवान मेरे इस प्यार को बेरोज़गार मत कर देना।"

"कभी-कभी तो कवि और शायर होने में क्या जाता है! ....और तुम्हें हिरन नहीं बना रहा मेरी प्यारी हिरनी, मस्त आँखों वाली....सच पूछो तो ये प्रेमी हर पल तुम्हारी याद में पागल रहता है।"

"रहने दो आज कुछ ज़्यादा ही हो रहा है ..आज 'डायलॉग-डे' नहीं है

साहब .... तुम्हें तो फ़िल्म लाइन में जाना चाहिए, रोमांटिक फ़िल्मों के डायलॉग बहुत अच्छे लिखोगे।''

''अच्छा ! और ये जो फ़िल्म हम दोनों के बीच चल रही है, उसके डायलॉग फिर कौन लिखेगा ? मुझे तो यही फ़िल्म हिट करनी है, हम दोनों की सुपर-डुपर हिट।''

शमा और मयंक दोनों खिलखिलाकर हँसते हैं। शहर का ये पार्क पिछले दो सालों से उनके लिए मिलन स्थल बना हुआ है। वेलेंटाइन-डे था तो रौनक़ थोड़ी और बढ़ गयी थी। शमा का मासूम चेहरा मयंक की गोद में था और वो धीरे-धीरे शमा के मुलायम बालों में अपनी उँगलियाँ घुमा रहा था, बीच-बीच में वो शमा का माथा चूम लेता, शमा के गालों पर लाली उभर आती। आज दोनों के बीच प्यार पूरे वेग से उमड़ रहा था। पार्क के पीछे ही कहीं गीत बज रहा था...'दिल दीया गल्ला....करांगे नाल नाल बहके....अख नाल अख जी मिलाके.....। ' जैसे इस गीत के बोल एक लहर की तरह मयंक के शरीर में दौड़ गये। वो भी साथ में गुनगुनाने लगा, वो शमा की आँखों में जैसे कहीं दूर खोता जा रहा था।

''खट खट खट.....। '' जैसे इस आवाज़ ने पूरे दृश्य पर कट बोल दिया हो।

पार्क का एक चौकीदार पार्क के बीच लगे खंबे पर डंडा खटखटाता हुए आया, शमा और मयंक एक-दूसरे में डूबे हुए थे। दोनों को पता ही नहीं चला कि कब वो चौकीदार उनके नज़दीक आ पहुँचा।

''अरे भाई लोगों, ज़रा आराम से बैठो, पहलवानी मत करो।'' चौकीदार बड़ी बेबाकी से बोला।

शमा ने एकदम अपने आपको व्यवस्थित किया और सहम-सी गयी।

''अरे वाह, भाई साहब, वेलेंटाइन-डे मुबारक, आप भी मनाइये हमें भी मनाने दीजिए।'' मयंक ने कहते हुए चौकीदार को अपने पर्स से पचास रुपये का नोट निकाल कर दे दिया।

''शुक्रिया, आप दोनों की मुहब्बत ख़ूब तरक्क़ी करे, पर ज़रा ध्यान से, आजकल पार्क में कुछ लोग आशिक़ों की धर-पकड़ कर रहे हैं, आप बच

प्यार बिना चैन कहाँ

के रहिए, हमारी तो ड्यूटी है।'' चौकीदार मयंक को टुच्ची-सी आँख मार कर खिसक लिया।

''मयंक चलो ...कहीं और चलते हैं, वरना मुझे यही लगता रहेगा कि इस चौकीदार की आँखें अब हमें छिप के ताड़ रही होगी, ...मेरी तरफ़ तो ऐसे देख रहा था मानो खा ही जायेगा ....चलो हमें चलना चाहिए।'' शमा थोड़ा भयभीत थी।

''अरे यार....क्या हुआ, इतना जल्दी घबरा जाती हो। ...और तुम्हें खाने के लिए मैं बैठा हूँ मेरी डेरी मिल्क ...चौकीदार कैसे खा जायेगा .... वो चला गया है, उसे भी आज का दिन मनाना है यार, समझो।'' मयंक ने हँसते हुए कहा और शमा को बाँहों में ले लिया।

''अच्छा अब ये पहलवानी करना छोड़ो, चौकीदार फिर आ धमकेगा ..पूरा बेशर्म है।'' शमा ने मयंक की बाँहों से ख़ुद को छुड़ाते हुए कहा।

''अब चौकीदार है, इतना बेशर्म होना तो बनता है...शर्म करेगा तो अपनी ड्यूटी कैसे कर पायेगा ...बताओ भला ..।'' मयंक चुहल के मूड में था।

''पिछले साल वाला सीन याद है ... ऐसे ही वो मेन मार्किट के पास वाले पार्क में संस्कृति दल वालों ने ऐसे ही लड़का-लड़की को पकड़ा था, फिर सारे शहर में वीडियो वायरल हुई, याद है तो ज़रा सीरियस हो लिया करो।'' शमा अब भी सहमी हुई थी।

''अब भई संस्कृति दल वालों से वो डरे जिनके रिश्ते कच्चे हैं, हमें कोई पकड़ेगा तो कह देंगे कि शादी पक्की है, ज़्यादा समस्या है तो यहीं फेरे दिलवा दो।''

''तुम्हें न बस बातें बनानी आती हैं, इतना आसान नहीं होता सब कुछ, ऑफ़िस में अभी तक सब छुपते-छुपाते हो रहा है, डर लगता है हर पल।''

''क्यों डर किस बात का, दोनों प्यार करते हैं, खाते-कमाते हैं। हाँ छुप के मिलने वाली बात ठीक है, कहो तो कल सामूहिक घोषणा करवा देते हैं।''

मयंक शमा की हर बात को सहजता से ले रहा था।

शमा ने अपने पर्स की डोरी को अपनी कलाई पर लपेटते हुए कहा, ''घोषणा करवाओगे, अख़बार में निकालोगे...तुम बस डायलॉग मारते रहा

करो। अभी बहुत टाइम है ये सब करने के लिए, ज़रा सब्र रखो। वो ऑफ़िस वाली प्रियंका जो तुम्हारी टेबल के इर्द-गिर्द घूमती रहती है न, पूरी खोज-ख़बर निकालती है।''

''अरे तुम उस भोली लड़की प्रियंका पर ऐसे ही शक न किया करो, उसके भी दिन हैं चुहल मचाने के।''

''इतनी ही भोली है तो उसे भी यहीं बुला लेते, मना लेते वेलेंटाइन। अपने आपको कैटरीना कैफ़ से कम नहीं समझती वो मैडम। तुम पर पूरी आँख रखे हुए है, ज़रा सँभल के रहना ...'' शमा ने जैसे नाराज़गी जताने के अभिनय किया।

''मुझे उसकी आँख देखने का टाइम तो तब मिले जब आपके ख़ूबसूरत चेहरे से नज़र हटे... अच्छा वैसे क्या खोज ख़बर निकाल ली उसने?''

''तो सुनो परसों ही मैंने आज के दिन के लिए छुट्टी अप्लाई की ताकि आज के बारे में हम दोनों पर किसी को शक न हो, ... तो पूछने लगी कि घर में सब ठीक-ठाक तो है, ..सोचा था वेलेंटाइन-डे वाले दिन इकट्ठे बाज़ार की रौनक़ देखने चलेगें। क्या पता कोई मिल ही जाये ... अब तुम उस दिन छुट्टी ले रही हो।''

''फिर...तुमने क्या कहा?''

''कहना क्या था, मैं उसकी नीयत को अच्छी तरह समझती हूँ, कह दिया कि कोई रिश्ते वाले देखने आ रहे हैं, अगर बात न जमी, तो तुम्हारे घर का पता दे दूँगी, ब्याहने लायक़ तो तुम भी हो ही।''

''हा-हा-हा, ...फिर ... ?''

''फिर क्या, जलती भुनभुनाती अपनी सीट पर भाग गयी। मैंने कई बार देखा है जब ऑफ़िस में हम दोनों कोई बात कर रहे हों, हमारी तरफ़ ही आँखें गड़ी रहती हैं। पर उसे क्या पता चिड़िया कब पानी पी लेतीं हैं।'' शमा का मूड जैसे अब सही हो गया था।

''हा-हा-हा ....ये तुमने सही किया, मैंने भी जब आज हॉफ़ डे लिया, तो तपाक से पूछने लगी कि वेलेंटाइन-डे मनाने जा रहे हो चुपके चुपके ...।''

''अच्छा, बड़ी बदतमीज़ है, गले ही पड़ रही है।''

''अरे यार गुस्सा नहीं करते, मैंने भी नहीं किया बस यही कहा कि हमारी क़िस्मत में कहाँ वेलेंटाइन, मुझे तो लड़की देखने जाना है, घर वाले पीछे पड़े हैं।''

प्यार बिना चैन कहाँ

मयंक ने कहकर शमा को चूम लिया।

"हे भगवान तुम भी हद करते हो, अब उसे पक्का शक हो जायेगा हम दोनों पर।"

"होता रहे, हू केयर्स? ज़िन्दगी इतनी भी शर्माकर नहीं जी जाती। और हाँ उसे ज़्यादा कुछ जानने की खुजली उठ रही हो तो कल ही सबसे पहले उसे बता देते हैं .....पर किसी का दिल बहला रहे तो बहला रहे ..तोड़ने में क्या मज़ा ...। अपने बीच तो जो है वो है ही ...।"

"अच्छा छोड़ो, अब कहीं और चलते हैं।" शमा ने मयंक का हाथ पकड़ते हुए कहा।

"हाँ चलो, साढ़े तीन बज रहे हैं, लंच करने चलते हैं, पाँच बजे तक तो साथ रहोगी न?"

"हाँ बाबा, पाँच बजे तक हूँ, ममा से मैंने तुम्हारे बारे में बात की थी। आज छः बजे तक भी एडजस्ट हो ही जायेगा। अब छुपाया भी नहीं जाता, पिछले दिनों शादी को लेकर घर में कुछ बात हुई तो मैंने ममा को हौसला जुटा के बता ही दिया .... तुम चलो अब।"

"अरे वाह, ये तुमने अच्छा किया...अच्छा यार ..ज़रा बताओ तो सही ...हमारी सासू माँ को क्या-क्या बताया ...?"

"अब इतनी भी मैंने ममा के सामने तुम्हारी कुंडली डिस्कस नहीं की ...बस ये बताया कि लड़का मेरे साथ ही कम्पनी में असिस्टंट मैनेजर है और हम दोनों पिछले दो सालों से इकट्ठे ही काम कर रहे हैं और ....हम दोनों एक-दूसरे को पसंद करते हैं।"

"वाह ...चलो यही अच्छा है ... मैंने भी माँ से बात की थी। माँ ने शायद फ़ोन पर हमारी बातचीत सुनी...जिस दिन तुम्हारी मिस कॉल कुछ ज़्यादा ही आ रही थीं ..और मुझे तुमसे बात करने के लिए छत पर जाना पड़ा था। नीचे उतरा तो माँ अपने सवाल लिये तैयार खड़ी थीं ... मैंने कहा, माँ ..लड़की अच्छी है, अभी मन बना रहा हूँ। माँ कहने लगी शादी का कुछ फ़ाइनल हो तो ज़रा पहले बता देना, कहीं कोर्ट मैरिज करके घर लौटो, ...अब एक बेटा है, धूमधाम से शादी तो बनती ही है।" मयंक ने जैसे माँ का अभिनय करके बताया।

"हम्म........ तो बात अब काफ़ी आगे बढ़गयी है ...और शहादत का दिन नज़दीक है।'' शमा ने जैसे लम्बी साँस छोड़ी और खड़ी हो गयी।

"शहादत का नहीं ....हमारे कम्पलीट मिलन का ....हैप्पी एंडिंग तो सीन की यही है जान।''

मयंक ने कहते हुए सामने खड़ी शमा को बाँहों में पकड़कर उठा लिया।

"हैप्पी एंडिंग सीन से पहले ज़रा सस्पेंस तो रहता...मतलब अपनी फ़िल्म में कोई भी कहीं अड़ नहीं रहा ...तुम्हें नहीं लगता कि अपनी स्टोरी कुछ ज़्यादा ही स्मूथ चल रही है ....और यार हर बार इंडियन लव स्टोरी में ज़रूरी तो नहीं कि कुछ ड्रामा हो ...मेट्रो सिटी है ..इतनी एडवांसमेंट तो बनती है ....ये भी हो सकता है हम लकी हों इस मामले में। ....हाँ वैसे कुछ बंदिशे तो हैं ही ...अब देखो न आज के दिन जी तो मेरा ये चाहता है कि एक लम्बी ड्राइव हो...रोमांटिक गाने हों ..., हम दोनों हों और टाइम-लिमिट न हो...पर तुम्हें एक निश्चित समय पर ही लौटना है ..और ये शायद तब तक रहेगा जब तक हमारे रिश्ते का सोशली एप्रूव्ड सर्टिफ़िकेट नहीं मिल जाता ...मतलब शादी वादी।'' मयंक ने शमा के हाथ को सहलाते हुए कहा।

"जी जनाब वो तो है ..अब वादी में हनीमून मनाने जाना है तो शादी तो करनी ही पड़ेगी। अब ज़्यादा फ़लसफ़ा मत झाड़ो और चलो ....मुझे भूख लगी है बहुत ज़ोर से .... ।''

"जो हुक्म मेरी आका, बन्दा आपकी जी-हुज़ूरी के लिए हाज़िर है .... चलिए ... ।'' मयंक और शमा एक-दूसरे का हाथ पकड़े हँसते-खिलखिलाते चल दिये।

शमा और मयंक के बीच खिलती हुई मुस्कुराहट पूरे पार्क में फैल गयी थी जैसे आस-पास के पेड़ों पर बैठे तोते ज़ोर-ज़ोर से चियाँ-चियाँ करते शोर करने लगे, मानो वो भी मयंक और शमा के इस प्यार की ख़ुशी मना रहे हों। ढलती हुई दोपहर जैसे और भी ज़्यादा मोहने लगी थी।

 प्यार बिना चैन कहाँ

6

गाँव ख़बर

व्यस्तताओं के कारण कभी-कभार गाँव जाना होता है और यक़ीन मानिये जिस प्रकार किसी न्यूज़ चैनल पर अगली-पिछली ख़बरें मिल जाती हैं वैसा ही काम गाँव के हज्जाम की दुकान मेरे लिए कर देती हैं। कभी उसे नाई की दुकान कहते थे अब उसका अपडेटिड वर्ज़न 'हेयर कटिंग सेलून' हो गया है। हेयर के स्पेलिंग चाहे हीयर पढ़े जा रहे हों, पर बड़ी बात ये है कि गाँव के सबसे तेज़ न्यूज़ चैनल की जगह यही है, यही है, यही है।

इस दुकान की स्थापना कल्ली नाई मतलब कालूराम नाई ने की थी। शुरुआती दिनों में ये एक ओपन मतलब खुले आसमान के नीचे गाँव की एक धर्मशाला की दीवार से सटी दुकान थी। शीशा हजामत करने वाले के हाथ में दे दिया जाता और कल्ली नाई ग्राहक को अपने सामने अपने जैसी मुद्रा यानि उकड़ू बैठा लेता, बीच-बीच में कल्ली अपनी पोजिशन बदल लेता; दाढ़ी बनवाओ चाहे बाल कटवाओ। होम सर्विस भी थी उसकी। गाँव के बड़े ठाकुर जिमिंदार, बाबू लोग की हजामत उनके घर जाकर भी करता। शरीर के गुप्त भागों के बाल जहाँ-जहाँ तक उसे आज्ञा होती, भी काट देता। किसी के बच्चे का मुंडन-संस्कार हो, ब्याह की चिट्ठी देने जाना हो, कल्ली को बुलाया जाता। फिर उसके बच्चे भी उसके काम में हाथ बँटाने लगे।

सरपंच और गाँव के लोगों ने कल्ली को दस बाई दस की पक्की जगह दे दी। कल्ली की दुकान अब छत, कुर्सी, बड़े शीशे और ख़ुशबूदार क्रीम, फिटकरी, कैंची, उस्तरा, इलेक्ट्रिक मशीन से सुसज्जित हो गयी। कुछ अख़बार भी वहाँ पाये जाने लगे। बैठने के लिए एक बेंच डाल दिया गया।

समय बदलता रहा, ब्याह की चिट्ठी वाले काम से नाई बाहर हो गये, कल्ली भी अपने बेटों के साथ अपनी दुकान में व्यस्त हो गया। नयी उम्र के लौंडे नये फ़ैशन के बाल कल्ली के बेटों से कटवाते, बूढ़े बुज़ुर्ग कल्ली सँभालता। यूँ कल्ली अब कटिंग का काम कम ही करता था, चश्मा भी उसके लग गया था। उसका

ज़्यादा काम तो दुकान में पड़े बेंच पर बैठकर बाबू लोगों की अख़बारी चर्चा सुनना था या गाँव की कोई नयी घटना और क़िस्से लोगों के साथ शेयर करना होता।

कल्ली की दुकान के आगे से दो लाठियों को दायें-बायें पकड़े बूढ़ा हीरा गुज़रा, उसे आँखों से भी कम दिखता था वो गाता हुआ जा रहा था, "हरि के भजन बिना जिया नहीं जाय"। वो अक्सर यही भजन गाते गाँव की गलियों से गुज़रा करता था।

मैंने कल्ली की दुकान में बैठे-बैठे कल्ली को साथ बैठे ग्राहकों से बात करते सुना।

"टाइम-टाइम की बात है, एक समय दीवारें फाँदता था ये हीरा, अब देखो।"

"हाँ भाई अपने कर्मों का फल तो भुगतना ही पड़ता है सबको।"

"चोर था पक्का, फिर साले को इश्क़ का भूत चढ़ गया।"

"हाँ, अब भैया पराई औरत को रात-बिरात मसाज-सेवा देने जाओगे तो इतना तो भुगतना ही पड़ेगा।"

"पर था शिकारी, जैल सिंह की बहू पता नहीं कब कैसे पटा ली। कहते हैं शीतल माता मंदिर के मेले में ही नैन मटक्का लड़ा और फिर बिस्तर तक पहुँच गया।" बीड़ी पीते एक बुज़ुर्ग ने जैसे स्वाद लेकर कहा।

"फिर अंजाम देख लो, उस दिन दिसम्बर के महीने की अमावस वाली रात थी, कड़क सर्दी। जैल सिंह रात को खेत में पानी देने गया था, और ये हीरा दीवार फाँदकर उनके चौबारे पर चढ़ गया। वहीं जैल सिंह की बहू आ गयी, बस अभी काम बीच में ही था जब अड़ोस-पड़ोस की छत से जैल सिंह ने अपने भाइयों-बेटों के साथ धर दबोचा। लाठियों से पीट-पीटकर अधमरा कर दिया और टाँगें तोड़कर हीरा के दरवाज़े के आगे फेंक गये।"

"हाँ भाई, बहुत मारा इसे, ऊपर से चोरी का इल्ज़ाम लग गया, पुलिस थाने में इसका नाम दर्ज था ही। वो दिन और आज, अब देखो लंगड़ाता हुआ हरि भजन गाता है। कोई पूछता है कि टाँग कैसे टूटी तो कहेगा बोरवेल वाले कुएँ में गिर गया था काम करते-करते।"

''हरामी है एक नम्बर का, सुना है अब भी चोरी का मौक़ा मिले तो टलता नहीं।''

''अच्छा, अब भी!''

''हाँ-हाँ बिल्कुल, रज्जु मिस्त्री के बेटे की शादी थी। हलवाइयों के पास जाने कब पहुँच गया और धीरे से घी का डिब्बा कम्बल में लपेटकर जा रहा था कि हलवाइयों ने पकड़ लिया। लगा मिन्नते करने, गिड़गिड़ाने, हलवाइयों ने भगा दिया।''

''हम्म ये तो हाल हैं।'' सब हँसने लगे।

अब कल्ली की दुकान में एक और परिवर्तन हुआ। अम्बेडकर की फ़ोटो लग गयी, काशीराम और बहुजन समाज पर चर्चा शुरू ही गयी। कुछ तर्कशील बूढ़ों ने गाँव के धार्मिक कामों पर निशाना लगाना शुरू कर दिया। कल्ली का एक लड़का इस बहस में ज़्यादा भाग लेने लगा। अभी व्यापार और समाज के ताने-बाने की समझ कच्ची थी, लग गया क्रांति-क्रांति चिल्लाने।

बात बढ़ी तो गाँव में खुसर-फुसर होते-होते धार्मिक चुनौती बन गयी। गाँव के ही कुछ सभ्रांत लोगों ने गुप्त सभा बुला ली, कुछ लोगों ने शहर से रातो-रात एक पेशेवर नौजवान नाई को बुलाकर एक और दुकान खुलवा दी। रात बिरात धार्मिक जगह पर इक्ट्ठे होकर एक बड़े समूह ने कल्ली की दुकान से बाल न कटवाने का प्रण ले लिया।

कल्ली को इन सब बातों का पता चला, तो अपनी कमाई इज़्ज़त की कुछ फ़िक्र हुई। वैसे उसे कुछ बूढ़े बुजुर्गों ने समझाया भी था कि कल्ली अब समय बदल गया है, राजनीति किसी को इक्ठ्ठे बैठे नहीं देख सकती। कोई हाथी पर सवार है तो कोई रथ पर बैठा है, हम गाँव की परम्परा और प्यार काहे ख़राब करें पर कल्ली का लड़का तो अब एक विशेष पार्टी का मेम्बर बन गया था। उसे न जाने किसने ये बताया कि सविंधान नाम की एक किताब में बहुत कुछ लिखा है, सबके अधिकार होते हैं, सब समान होते हैं।

अब गाँव में नाई की दो दुकानें थीं। ग्राहक अपने-अपने मतलब से बँट गये थे। नया नाई जिसका नाम 'बबलू बम्बई वाला' था, नये स्टाइल से बाल काटता था। मशरूम कटिंग, फ़ौजी कटिंग, बाम्बे कटिंग, सलमान कटिंग और दुनिया भर के नये से नये फ़ैशन। कल्ली के बेटे भी नये स्टाइल से बाल काटते थे पर

बबलू के बारे में एक टैग जुड़ गया था कि वो बम्बई से काम सीख कर आया है, जो स्टाइल चाहिए वही बनाता है। उसके पास बालों को घुँघराले करने, रंगीन बनाने और बूढ़ों को जवान बनाने वाली कला आती थी। गर्म हवा से बालों को सीधा तिरछा करने वाली मशीन थी। एक से एक नया सामान ख़रीदने के लिए एक सेठ ने अच्छे पैसे दे दिये थे, ख़ास तौर पर सभा ने ज़िम्मेवारी ली थी।

सारे गाँव के लौंडों-लपाडों और टीनेजर में बबलू स्टाइल की धूम थी। उसकी दुकान में हीरों-हीरोइन के रंगीन पोस्टर, फ़िल्मी मैगज़ीन और बालों के अलग-अलग स्टाइल वाले अंग्रेज़ी पोस्टर थे। लोग-बाग आते और उससे मन मुताबिक़ बाल कटवाते। बबलू जैसे उन्हें सुंदर बनाने की कोशिश करता वे मान जाते।

क़िस्से बबलू की दुकान पर भी थे पर वह क़िस्से थे लड़के-लड़कियों के, मजनुओं के। कॉलेज और बस मालिकों के बीच होती लड़ाइयों के। बबलू की दुकान में एक टेपरिकॉर्डर भी था जिसमें नये फ़िल्मी गीत बजते। लड़कों को पूरी आज़ादी थी कि वो अपना मन पसंद गाना लगवाकर बाल काट सकें। एक तरफ़ एक अलमारी में मनोहर कहानियाँ और जासूसी उपन्यास क़रीने से रख दिये गये थे, इनमें आह-ऊह वाला साहित्य भी शामिल था। गाने सुनिए, मस्त साहित्य पढ़िए और छैला-हीरो बनकर फ़ीलिंग लीजिये। बबलू की दुकान असफल और गुप्त प्रेम कहानियों का रोचक अड्डा भी था।

बबलू की दुकान अच्छी चल रही थी, कल्ली की दुकान पिट रही थी। उसके छोटे लड़के ने पिता की सीख और बड़े भाई की फ़िज़ूल क्रांति के बीच व्यापार का मार्ग चुना। इस बखेड़े से पीछा छुड़ाकर शहर जाकर अपनी दुकान खोल ली। बड़ा लड़का राजनीति में एक लोकल नेता का पी.ए. बन बैठा; प्रचारक भी बना। पार्टी तो अपना प्रभाव ज़्यादा नहीं जमा सकी, चुनाव में असफल रही तो कल्ली का लड़का पार्टी बदलता अंत में पत्रकार बन गया। मैट्रिक पास था पर समाचार पत्र को अच्छे विज्ञापन दिलवाकर लोकल संवांदाता बनने में सफल हो गया। कल्ली का छोटा बेटा कुछ सालों बाद शहर से लौट आया और उसने बबलू का असिस्टेंट बनकर उसकी दुकान में ही कटिंग का काम शुरू कर दिया। दुकान का दरवाज़ा शीशे के लग गया, अंदर दीवार के एक कोने में टी.वी. लग गया जिस पर सात दिन कुमार सानु –अनुराधा पौंडवाल टाइप फ़िल्मी गाने चलने लगे।

अब दुकान में गाने थे, अख़बार था, जलते हुए एहसास थे, क्रीम की महक थी और चटखदार क़िस्से थे। बबलू की दुकान पर लोग अपने-अपने क़िस्से सुनाते या मोबाइल पर बात करते हुए और आपस में बहस करते हुए जो सूचनाएँ वहाँ बिखेरते उन्हें बबलू बड़ी कमाल की कला से जुटा लेता और आगे आने-जाने वालों में ट्रांसफ़र कर देता। सुना है अब कल्ली का बड़ा लड़का जो पत्रकार था वो भी बबलू की दुकान पर आकर बाल कटवाने लगा था। उसने विज्ञापन जुटाने और दीवाली-दशहरे पर अख़बार को बड़ा सप्लीमेंट देने के चलते विवादित बहसों को विराम दे दिया था और गाँव शहर के लोगों के साथ प्यार और आदर से मिलने जुलने लगा था। कल्ली दमे से ग्रस्त था और घर पर ही खटिया पर पड़े खाँसता-खाँसता अपनी अंतिम साँस गिन रहा था। उसकी दुकान बंद हो गयी थी और पंचायती जगह होने की वजह से अब उसे अब ताला लगाकर छोड़ दिया गया था।

अब गाँव जाता हूँ तो बबलू बॉम्बे सैलून का सड़क किनारे लगा बोर्ड जैसे विकसित गाँव की तस्वीर दिखता है। कौन मरा, कौन पैदा हुआ, कौन विवाह कर रहा है, कौन घर से भाग गया है, कौन किसके घर में घुसा, कौन किसके साथ अवैध सम्बंधों में हैं, कौन इलेक्शन में जीत रहा है और जीत गया तो वो क्या उखाड़ लेगा या क्या करवा देगा ये सब आपको बबलू बॉम्बे वाले की दुकान से पता चल सकता है। इस दुकान पर आपको ख़बरों का कॉम्बो पैक मिलेगा। अपडेट फ़ैशन की हजामत करवाइये और गाँव की ख़बर-ख़बर को सबसे रोचक ढंग से सुनिए।

7

बरगद का पेड़

अभिनव, पापा के साथ आज बहुत दिनों बाद गाँव आया है। पापा को ज़मीन और गाँव के घर के सिलसिले में कुछ काम था। पापा को जब भी गाँव आना होता है वो अभिनव को ज़रूर साथ ले के जाते हैं। अभिनव को भी बहुत ख़ुशी होती है, जब उसे पता चलता है कि गाँव जाना है वो अपनी लूडो, शतरंज और बैटबॉल भी साथ लेकर जाता है।

इस बार पापा गाँव में दो तीन दिन रहेंगे। चाचा जी के बड़े घर में जाकर अभिनव को बड़ा मज़ा आता है। आये भी क्यों नहीं, ये खुलापन ही तो उसे चाहिए, जिसके लिए वो शहर में तरस जाता है। खेलने का मैदान तो शहर में है नहीं, कभी-कभार पापा उसे अपने साथ पार्क ले जाते हैं वरना गली में ही सब बच्चे खेलते हैं। गली में खेलने का क्या मज़ा, जब कभी अभिनव मिंकू की गेंद पर तेज़ शाट लगता है, गेंद कर्नल अंकल के घर चली जाती है। कर्नल अंकल के घर से बॉल बड़ी मुश्किल से आती है; उनके घर में एक बड़ा कुत्ता है। सब उससे डरते हैं, कोई उनके घर में घुसने की हिम्मत नहीं करता। एक बार एक चोर घुसा तो कुत्ते ने फट से पकड़ लिया था और पुलिस आने तक उसे छोड़ा नहीं। वो सिर्फ़ कर्नल अंकल का कहना मानता है, इसीलिए जब तक कर्नल अंकल ने उसे चोर की टाँग छोड़ने के लिए नहीं कहा, कुत्ते ने छोड़ी भी नहीं। इसीलिए कर्नल अंकल के घर के अंदर जाने से सब डरते हैं। ''अंकल बॉल दे दो, अंकल बॉल दे दो'' सब पुकारते हैं, पर वो सुनते ही नहीं, बस कभी-कभार जब उनका मूड अच्छा होता है तब बॉल उठाकर अपने पड़ोसी को दे देते हैं, तब जाकर कहीं बॉल वापस मिलती है। यही कारण है कि खेलने की जगह कम होने से कई बार खेलने का मज़ा ख़राब हो जाता है। इसीलिए अब लूडो और कैरम बोर्ड का ज़ोर है, पर उसमें भागने कूदने का मज़ा कहाँ?

चाचा के घर के साथ उनका एक बड़ा बाग़ है, उसमें नीम, आम, अमरूद के कितने पेड़ लगे हैं और उनमें सबसे बड़ा है एक बरगद का पेड़ जिसके नीचे

अभिनव और उसके चाचा का बेटा जीतू और उसके साथी सब इकट्ठे होकर खेला करते हैं; कितना मज़ा आता है। बरगद की एक मोटी टहनी पर चाचा जी ने रस्से वाला झूला डलवाया है, इस पर अभिनव और जीतू ख़ूब झूला झूलते हैं।

यह सब सोचते हुए अभिनव कार में ही सो गया। उसकी नींद तब खुली जब चाचा ने उसे आवाज़ दी, "अरे शैतान, तुझे आज कैसे नींद आ गयी। चल उठ, वो जीतू भी सुबह से ही बैट-बॉल लेकर तेरा इंतज़ार कर रहा है। चल पहले कुछ खा पी ले, फिर सब मिलकर बाग़ में खेलने जाना।"

अभिनव ने आँखें मलते हुए चाचा जी के पैर छुए, जीतू से हाथ मिलाया और सब हँसते मुस्कुराते हुए घर के अंदर चले गये। चाची ने उसे चाय के साथ खोये की पिन्नी और नमकपारे दिये; दोनों अभिनव को बहुत पसंद थी। जीतू और उसने शर्त लगाकर दो-दो पिन्नी खायीं। वे जल्दी से खा-पीकर बरगद के पेड़ के नीचे जाकर खेलेंगे। सभी बच्चे उनके आने से पहले ही बाग़ में आ चुके थे। जुगल, सचिन, किशनू, काली, नन्नू और मोहित। कितना अच्छा लग रहा था अभिनव को, सबने अभिनव से उसका हाल-चाल पूछा। अभी मौसम में गर्मी ज़्यादा थी, पर बरगद के पेड़ के नीचे आते ही जैसे ठंडी हवा के झोंके आने लगे थे; कितनी ठंडी छाँव थी बरगद की। दिन में तो सब यहीं आकर आराम करने लगते हैं जब लाईट चली जाती है। बरगद के पेड़ के चारों और चबूतरा बना है, उस पर बाग़ का माली सो रहा है। "उसे सारी रात जागकर बाग़ की चौकीदारी करनी होती होगी इसीलिए वो दिन में सोता है। शहर में भी तो अभिनव की कॉलोनी में चौकीदार है, वो भी रात को कभी सीटी बजाता है कभी लाठी पटकता है पर दिन में सोया रहता है, ये माली अंकल भी ऐसे ही काम करते होंगे।" अभिनव ने अंदाज़ा लगाया था।

"माली अंकल बहुत बहादुर हैं, तभी तो रात को इस घने बाग़ में पहरा देता हैं। वरना इस बरगद पर तो मन्त्री का भूत रहता है, सब डरते हैं उससे, रात को कोई इधर नहीं आता।" किष्नु ने धीरे से अभिनव को बताया।

"मन्त्री कौन, उसका भूत क्यों यहाँ रहता है?" अभिनव ने जिज्ञासा से पुछा।

"अरे यार मन्त्री अपने पड़ोस के बिरजू चाचा की लड़की थी। उसे झूला

झूलने का बहुत शौक़ था, सारी दोपहर इसी बरगद की टहनी पर ख़ूब ऊँचा-ऊँचा झूला झूला करती थी। बस एक दिन झूला झूलते-झूलते उसका पाँव झूले से फिसल गया और सर ज़मीन पर टकराने से उस बेचारी के मौत हो गयी। पर ये बात बहुत पुरानी है, मैं ख़ुद पिताजी के साथ कितनी बार रात को यहाँ चक्कर लगाने आया हूँ, पिता जी ने बताया था- भूत-वूत कुछ नहीं होता है, सब लोगों का वहम है। इतने लोग दुनिया में मरते हैं, फिर तो हर जगह भूत होने चाहिए। ...ये किष्नु तो बस ऐसे ही डराया करता है सबको" । जीतू ने मुस्कुराते हुए कहा।

"अच्छा अब सब ये डरावनी बातें करके ही टाइम ख़राब करोगे या कुछ खेलोगे भी?" सचिन ने कमर पर हाथ टिकाकर कहा।

"खेलने ही तो आये हैं, खेलेंगे क्यों नहीं, पर पहले तोते के बच्चे तो दिखा दें अपने दोस्त अभिनव को, इतने दिनों बाद आया है।" जुगल बोला।

"तोते के बच्चे, तुमने कहाँ देखे?" काली ने जुगल से पूछा।

सब जुगल की तरफ़ हैरानी से देखने लगे।

"ओहो, यार इस बरगद की एक कोटर में हैं। अभी शायद तोता-तोती उनके लिए खाना लेने गये होंगे, ठहरो मैं दिखाता हूँ तुमको।" कहकर जुगल बरगद के पेड़ पर चढ़ने लगा। शायद उसे पेड़ पर चढ़ने की आदत ही, इसीलिए वो झट से चढ़ गया। थोड़ा ऊपर जाकर एक बड़े तने के सहारे वह बैठ गया, वहीं बैठकर उसने तने के एक छेद में कान लगाकर पहले कुछ सुना और फिर बोला-

"आ जाओ आ जाओ, देखो कैसे किर्र-किर्र कर रहे हैं। यहाँ ऊपर चढ़कर उनकी आवाज़ सुनो।" जुगल ने सबको हाथ के इशारे से ऊपर बुलाया।

"बस-बस, अब सब ऊपर कैसे आयेंगे, पहले तू नीचे उतर या फिर एक बच्चा कोटर से निकाल के दिखा दे, तू तो रोज़ ही पेड़ पर चढ़ता रहता है।" अभिनव ने कहा।

"हाँ-हाँ, ये भी सही है। ज़रा अपने सर के ऊपर देखो, बरगद में इतना बड़ा शहद का छत्ता भी तो लगा है, अगर कहीं मक्खियाँ पीछे पड़ गयीं तो बेटा भाग नहीं पाओगे?" मोहित ने चिल्लाकर कहा।

"हाँ-हाँ ..पिछली बार तो ये ख़ुद ढेला मारकर भाग गया था, वो तो ग़नीमत रही कि छत्ता छोटा था, हम लोग तो बच गये और मोहित बेचारे को पूरी पाँच

मक्खियों ने काट खाया और इस जुगल को जो जूते घर में पड़े सो अलग। क्यों जुगल याद है कि फिर से जूते खाने का मन कर रहा है?'' जीतू बोला।

''अच्छा भाई, मैं कोटर में हाथ डाल कर देखता हूँ, बस तोते का बच्चा चोंच से काट न ले, परसों बहुत ज़ोर से काटा था काली को।'' जुगल कहकर कोटर में हाथ डालने लगा।

जब उसके हाथ बाहर निकला तो उसके हाथ में किर्र-किर्र करता छोटा-सा तोते का बच्चा था। हल्का सलेटी रंग, बस अभी पंखों पर थोड़ी-सी हरियाली छाई थी। जुगल ने अपनी जेब से मूंगफली के कुछ दाने उसके मुँह में डालने की कोशिश की। उसके पास एक सेब का टुकड़ा था, वो भी उसने उसे खिलाया पर बच्चा किर्र-किर्र करता और कुछ न खाता था शायद। सभी बच्चे ग़ौर से उसे देखने लगे।

''ऐ जुगल, यार इसको नीचे लेके आ ना, मैं भी इसे छूकर देखूँ, कैसा मुलायम है ये छूने में।'' अभिनव ने प्यार से उसे देखा।

''नहीं-नहीं, देखना है तो ऊपर आओ। अभी कहीं से इसके माता-पिता ने देख लिया तो सर में चोंच मार-मार कर सबक़ सिखा देंगे।'' जुगल ने कहकर इंकार कर दिया।

''अरे परसों तो दो थे, दूसरा भी निकालकर देख न।'' जीतू ने जुगल को कहा।

''अरे हाँ यार, आज दूसरा तो बोल नहीं रहा, शायद सो रहा होगा, ठहरो देखता हूँ।'' जुगल ने कहकर अपना दूसरा हाथ कोटर में डाला।

उसके हाथ में सुस्त पड़ा तोते का दूसरा बच्चा हिल-डुल नहीं रहा था।

''ओह, लगता है ये मर चुका है, मैं इसे लेकर नीचे उतरता हूँ।'' जुगल ने बेसुध पड़े बच्चे को लेकर नीचे उतरना ही ठीक समझा; दूसरे को वो उसी कोटर में रख आया।

सभी बच्चों ने तोते के बेसुध पड़े बच्चे को छूकर देखा, एक माली की चारपाई के नीचे से उसकी पानी की बोतल उठा लाया और उसी चूंच में कुछ बूँदें डालने की कोशिश की, पर सब व्यर्थ। तोते का बच्चा मर चुका था।

''अब इसका क्या करें? बाहर रखेंगे तो इसे कोई और जानवर खा

जायेगा।'' जुगल बोला।

''चलो फिर माली अंकल से पूछ लेते हैं। वैसे हमारे गाँव में जब कोई मरता है तो उसे शमशान में ले जाकर जलाते हैं।'' काली बोला।

''हाँ-हाँ, मैंने टी.वी. में एक फ़िल्म में देखा था, पर उसमें तो गड्ढा खोदकर दबा दिया था।'' अभिनव बोला।

''हाँ कुछ लोग ऐसे भी करते हैं।'' जीतू ने कहा।

माली अपनी चारपाई पर पड़ा बच्चों की बातें सुन रहा था शायद, इसी बीच वो बोल पड़ा। ''अरे बच्चो लाओ तुम ये बच्चा मुझे दे दो, मैं अपने आप इसे यही मिट्टी में दबा दूँगा। यहाँ इस बरगद के नीचे तो कई बार मैंने मरे हुए पक्षी दबाये हैं; वो सब दोबारा पक्षी बन जायेंगे।''

बच्चे माली की बात सुनकर हैरान हुए और उन्होंने माली अंकल को वो पक्षी सौंप दिया। माली ने खुरपे से गड्ढा खोदा और तोते के बच्चे को वहीं एक कोने में दबाकर उसे मिट्टी से भर दिया।

''आओ बच्चों हम सब मिलकर भगवान से प्रार्थना करें कि ये जल्दी दोबारा पक्षी बनकर लौट आये।'' माली ने बच्चों को पास बुलाकर कहा।

सभी बच्चों ने मिलकर प्रार्थना की।

''अच्छा अब खेलो तुम सब।'' माली ने सभी को थोड़ी देर बरगद के नीचे बने चबूतरे पर बैठकर खेलने के लिए कहा।

अब जीतू, अभिनव, काली और जुगल लूडो खेलने लगे। बाक़ी सब बच्चे उनके इर्द-गिर्द बैठकर उन्हें देखने लगे। पूरी दोपहर खेल चलते रहे, कभी लूडो तो कभी बैट-बॉल। बरगद की छाँव गहरी होती गयी और पक्षियों का शोर दिन ढलने के साथ बढ़ने लगा। अभिनव ये सब देखकर बहुत ख़ुश था।

8
टेबल लैम्प

त्यौहारों का सीज़न है, मौसम भी बदल गया है। गर्मी, उमस और चिपचपाहट के मौसम के बाद जैसे चारों तरफ़ ख़ूबसूरती फैल गयी है। मोबाइल, टी.वी. और अख़बार भी रंग-बिरंगे सेल ऑफ़र इस फेस्टिवल सीज़न में बार-बार दिखा रहे हैं। मेरे मोबाइल पर भी अमेज़न, फ़्लिपकार्ट और स्नैपडील जैसी कई शॉपिंग साइट्स के नये ऑफ़र का मेसेज रोज़ आ रहा है। इन शॉपिंग साइट्स को खोलकर देखता हूँ तो जी करता है ट्रक भर के सामान ख़रीदूँ पर बजट आड़े आ जाता है। वैसे तो कोई ख़ास चीज़ ख़रीदने वाली नहीं होती पर सुंदरता और सलीक़े से सजाई चीज़ें मन में ख़रीदने की चाहत पैदा कर देती हैं।

मुझे एक ख़ूबसूरत टेबल लैम्प ख़रीदना है, इसकी कई तस्वीरें मेरे दिमाग़ में हैं। इनमें से कुछ तस्वीरें बचपन की और बहुत सारी अपने अब तक के जीवन में देखे उन टेबल लैम्प्स की जो मुझे पढ़ाई करते वक़्त अपने दोस्तों के घरों में दिखीं या फिर कुछ लेखकों पर बनी फ़िल्मों में देखी गयीं।

पता नहीं क्यों मैं हमेशा उस कमरे को सबसे ज़्यादा पसंद क्यों करता हूँ जिनमें सर्दियों का दृश्य हो। मतलब उसमें एक कोने में आग की वो चिमनी हो जिसे कमरा गर्म करने के लिए बनाया जाता है। सुंदर क़ालीन से ढका कमरे का फ़र्श, उस पर सजा एक आरामदायक गद्देदार सोफा। जिसके दोनों कोनों में रंग-बिरंगे फूलों से सजे गुलदान हों। दीवारों पर सुंदर पेंटिंग्स और किताबों से भरी सुंदर अल्मारिया जो दीवारों से सटी हों। उसमें एक आराम कुर्सी जिसके आगे पड़े टेबल पर टेबल लैम्प के जादुई प्रकाश में चमकता चाय का कप और एक खुली किताब का दृश्य मेरे मन में हमेशा किसी प्रेमिका की तरह बसा रहता है। इसलिए मैं बार-बार सुंदर किताबों, कार्पेट, टेबल लैम्प, घड़ी, कुर्सियों, पेंटिंग्स और घर को सजाने वाली चीज़ें सेलेक्ट कर ऐड टू कार्ट मतलब अपने ख़रीद-बक्से में सेव कर लेता हूँ। ये काम एक आभासी सुख देता है जैसे, जैसे मैंने इन वस्तुओं को लगभग ख़रीद ही लिया हो। मैं उन्हें अपनी दीवारों, कमरे

के कोनों, अपने मेज़ पर क़रीने से सजाये हुए या अपने हाथ में पकड़े अनेक सुंदर कल्पनाएँ रचते हुए शिद्दत से उन्हें साकार करता हूँ। जब भी समय मिलता है अपनी सेलेक्ट की हुई वस्तुओं के बारे में ग्राहकों की प्रतिक्रियाएँ और उनकी क़ीमतों का तुलनात्मक अध्ययन करता हुआ उनके बारे में एक राय बनता हूँ। कई बार किसी चीज़ को ख़रीदने के लिए मैं लगभग तैयार होता हूँ पर ग्राहकों की प्रतिक्रिया मुझे ऐसा करने से रोक देती है। कई बार ये होता है कि ग्राहकों की राय भी बँटी होती है। कई के लिए वो ख़रीदी हुई वस्तु बिल्कुल घटिया और कई के लिए बहुत कमाल साबित होती है। तब मेरा मन बहुत दुष्चक्र में फँस जाता है और मैं अपनी ख़रीददारी कुछ समय के लिए टाल देता हूँ। जैसे हमारे कई विद्वान कहते हैं कि जल्दबाज़ी में फ़ैसला नहीं करना चाहिए, तो मैं उनके कहे मुताबिक़ अपनी राय को एक ड्राफ़्ट की तरह सँभाल कर रख लेता हूँ ताकि उस पर कुछ देर बाद फिर से विचार कर सकूँ।

शायद समय का अंतराल आकर्षण के जादू को कई बार तोड़ता है, क्षीण कर देता है। इससे हमारी राय बदल जाती है, हम उसके जादुई तिलिस्म से बाहर आ जाते हैं, और कई बार ऐसा नहीं भी होता। तो ये लगभग ऊहापोह का मामला भी हो जाता है कभी-कभार। पर हर बार की तरह इस बार मुझे जुनून चढ़ा था नया टेबल लैम्प लेने का और वो भी लेखक स्टाइल में। जो किताबों या आपके सोफ़े के एक किनारे लम्बाई लिए होता है जिसके शिखर पर एक बल्ब लगा होता है और उस शिखर पर किसी ब्रिटिश प्रेमिका के सर पर लिया टोप जैसे इसकी रौशनी को उसके सुंदर चेहरे की तरह प्रकाश फैलाता लगता है।

पुराना वाला स्टाइल तो अब पुराना ही कहलायेगा पुराना मतलब जो किसी वृद्ध बुढ़िया की तरह ऐसे झुका हुआ होता है जैसे उसकी पीठ में कूबड़ निकला हो। ऐसा टेबल लैम्प बचपन में मैंने रेडियो ठीक करने वाले की दुकान में देखा था जिसका इस्तेमाल वो उसकी रौशनी में रेडियो की भीतरी तारों में टाँकें लगाते वक़्त करता था। उसमें बल्ब भी पीली रौशनी छोड़ने वाला प्राचीन क़िस्म का बल्ब था। हाँ! मुझे याद है कि चाचा जी भी ऐसे ही एक टेबल लैम्प को गर्मियों में घर की छत पर रात के समय पढ़ने-लिखने के वक़्त लगाकर बैठा करते थे। नीचे शोर होता और वो एक लम्बी तार जो नीचे के प्लग से ऊपर तक जा सकती थी, से टेबल लैम्प का तार जोड़ देते और छत के अँधेरे में ये एक प्रकाश-पुंज की तरह जल उठता। सिर्फ़ सामने रखी किताब-कॉपी इसकी रौशनी में नहा जाती

और चाचा अपनी बी. ए. की अंग्रेज़ी ग्रामर को उसमें पढ़ते या ट्रांस्लेशन करते। कई बार वे इस किताब में एक और किताब रखकर पढ़ते थे, शायद वे मनोहर कहानियाँ रही होगी उनकी देखा-देखी मुझे भी टेबल लैम्प की रौशनी में पढ़ने का शौक़ चर्राया। मैं ज़्यादातर अपनी कॉमिक्स उनके पास बैठकर पढ़ता था। ये अलग बात है कि पिता जी के छत पर आते ही किताब अंग्रेज़ी या विज्ञान विषय की हो जाती।

फिर यूँ हुआ कि दसवीं कक्षा आ गयी। पड़ोसियों का लड़का बारहवीं की परीक्षा दे चुका था और एम. बी. बी. एस. के टेस्ट की तैयारी कर रहा था शायद। जिस खिड़की में वो बैठकर पढ़ने लगा वो गली की तरफ़ थी, उसके मेज़ पर टेबल लैम्प जैसे दिन-रात जगता था। उसने खेलना-कूदना बंद कर दिया था, उसके माँ-बाप उसे दूसरे लड़कों के खेलने बुलाने आने पर ये कहकर भेज देते थे कि वो अब बहुत कठिन परीक्षा की तैयारी कर रहा है और उसे दिन में लगभग दस-बारह घंटे पढ़ाई करनी होती है, इसलिए वो नहीं आ सकता। इसलिए उसे अब खेलने के लिए मत बुलाया करो। वो घर से बाहर निकलता तो सिर्फ़ कोचिंग जाने के लिए या कोई किताब कॉपी फ़ोटो स्टेट करवाने के लिए। उसकी इस पढ़ाई का प्रभाव पूरे मुहल्ले पर पड़ा या नहीं पर मेरे पिता जी पर बहुत पड़ा। पिता जी अक्सर मुझे कहते, ''तुझे पता है परसों रात मैं जब बारह बजे जगराते से लौट रहा था, उस समय भी पड़ोसियों के कमरे की खिड़की से मैंने देखा कि अँधेरे में टेबल लैम्प जल रहा है और उनका लड़का पढ़ने में लगा है। सुबह चार बजे सैर को निकलते वक़्त भी मैंने उसे पढ़ते देखा था। ...ऐसे ही तो मेहनत होती है, तब जाके कही डाक्टरी में दाख़िला होता है। ..बेटे तेरी भी दसवीं की परीक्षा है, तू भी मेहनत कर। रात को कम से कम ग्यारह बजे तक पढ़ और सुबह चार बजे उठ जाया कर। मैं सैर पर जाते समय तुझे जगा दिया करूँगा। अगर कहे तो पड़ोसियों के लड़के जैसा एक अलार्म ला देता हूँ, मेरे कमरे तक आवाज़ आती है सुबह चार बजे।''

मुझे पिता जी सुबह-सुबह जगाकर जाते। बड़ी मुश्किल से अपनी प्यारी नींद को त्यागकर जाग तो जाता पर उसकी ख़ुमारी से न उबर पाता। मैं किताब आगे रखकर सोया रहता, पिता जी लौटकर देखते तो ख़ूब गलियाँ पड़तीं और सुनने को मिलता फिर वही 'पड़ोसी के लड़के का जलता हुआ टेबल लैम्प और उसकी मेहनत' का प्रवचन।

फिर उन्होंने एक दिन कमरे में बनी पड़छत्ती से ढूँढ़कर पुराना टेबल लैम्प निकाल लिया। उसे झाड़ पोंछकर उसमें नया बल्ब फ़िट कर दिया। मेरे लिए मेज़ कुर्सी पर बैठकर पढ़ने का पक्का नियम बना दिया गया। पिता जी सुबह उठते तो मुझे भी उठाकर हाथ-मुँह धोकर पहले चाय पीने को कहते और फिर जूते पहनकर मेज़ कुर्सी पर बैठकर पढ़ने के बाद ही सैर को जाते। अब मेरे मेज़ पर वही वृद्ध टेबल लैम्प जलता और मैं मन मारकर पढ़ता। मुझे लगा जैसे मेरा टेबल लैम्प के प्रति प्यार उन्हीं दिनों बढ़ा।

कॉलेज यूनिवर्सिटी के हॉस्टल में भी टेबल लैम्प बहुत लोक प्रिय था। न केवल पढ़ने के लिए बल्कि रात को खिड़की से गुड नाईट करने के लिए। लड़कों के हॉस्टल की एक तरफ़ लड़कियों का हॉस्टल था और खिड़कियाँ बिल्कुल आमने-सामने। सबकी अपनी-अपनी सेटिंग थीं। लाइट जाने पर टोर्च और होने पर टेबल लैम्प को जलाने-बुझाने का क्रम उनके ख़ास संदेश पहुँचा देता। यूनिवर्सिटी में सामान्य और इलीट क़िस्म के टेबल लैम्प देखने को मिले। अब ये लोहे या स्टील के ही नहीं बल्कि प्लास्टिक, लकड़ी और सुंदर रंगों के डिज़ाइन में मिलने लगे। मुझे मेरे साथ वाले कमरे में रहने वाले मित्र का टेबल लैम्प बड़ा अच्छा लगता था। वो एक बड़े पुलिस अधिकारी का बेटा था, उसके पास चैरी कलर का चमचमाता टेबल लैम्प था। उसकी रौशनी भी बड़ी दूधिया थी, इम्पोर्टेड था शायद ये टेबल लैम्प। उसके प्रकाश में खुली हुई किताब ऐसे लगती जैसे किसी शायर की प्रेमिका अलसायी हुई चित पड़ी हो। मैं अक्सर उसके कमरे में जाता तो उसकी रौशनी को देखकर जैसे कोई सुकून-सा मिलता।

सिडनी शेल्डन का उपन्यास ''स्ट्रेंजर इन द मिरर'' इसके रौशनी में बैठकर पढ़ा और सुना था हम दोनों ने। मुझे लगता है जब हम टेबल लैम्प की रौशनी में पढ़ते हैं तो हम एक विशेष वर्ग से जुड़ जाते हैं और हमारे अपने मन में एक विशेष तस्वीर अपने लिए बन जाती है। जैसे ब्रांडेड कपड़े पहनने से आदमी स्वयं को कई बार बाक़ी भीड़ से अलग महसूस करता है ऐसा ही टेबल लैम्प की रौशनी में पढ़कर या बैठकर महसूस होता था मुझे। वैसे रौशनी के लिए तो कमरे में बल्ब और ट्यूब लाइट भी होती है पर जो मज़ा कमरे में अँधेरा करके टेबल लैम्प जलाकर बैठने में है वो मुझे किसी क्लासिक अंग्रेज़ी फ़िल्म का अनुभव देता है।

ख़ैर नौकरी की दौड़ धूप और ज़िन्दगी के पारिवारिक मामलों में उलझते हुए टेबल लैम्प जैसी प्रिय वस्तु कब सभी ज़रूरतों से ग़ायब हो गयी पता ही नहीं

चला। पढ़ना-लिखना कभी-कभार चलता ही रहा, कभी बैड पर आड़े-तिरछे बैठे या कुर्सी पर जमे हुए गर्मी सर्दी की धूप छाँव में, पर शायद एक स्मृति किसी अवचेतन में टेबल लैम्प को लेकर हमेशा दबी रही। अब बेटे को पढ़ने-लिखने के लिए कुर्सी टेबल पर बैठते देखा तो एकाएक वही स्मृति दोबारा जाग गयी हो जैसे। और मैं दोबारा टेबल लैम्प ख़रीदने की तलाश में जुट गया, बेटे के लिए टेबल लैम्प ख़रीदने से ज़्यादा शायद मैं अपने लिए, अपने किसी सपने को दोबारा जीने के लिए ऐसा करने जा रहा था शायद। और यक़ीन मानिये शहर की एक ख़ास दुकान में, जहाँ बड़ा सुंदर और कमाल का होम डेकोरेशन का सामान मिलता है, के भीतर जाकर जब मैंने टेबल लैम्प के बारे में पूछा तो दुकानदार मुझे सुंदरता के उस कोने में ले गया जहाँ टेबल लैम्प सुंदर तस्वीरों के आगे फूल की तरह चमक रहे थे, जैसे उन्हें मेरे आने का बड़ी देर से इंतज़ार था।

९
दोस्त, बेंच और क़िस्से

गाँव के सरकारी स्कूल से लेकर शहर के कॉलेज और फिर यूनिवर्सिटी में पढ़ने तक बहुत कुछ बदलता है। जो कहते हैं कि आदत नहीं बदलती उन्हें ज़रा अपने पुराने दिनों को याद करते हुए समझना होगा कि आदतों के ढंग बदलते हैं, वे अल्हड़पन से आगे बढ़कर जवान और प्रौढ़ हुआ करती हैं। ख़ैर अब बात चली ही है तो मुझे अपने स्कूल के बेंच और उन पर बैठते और उनके लिए झगड़ते दोस्त याद आते हैं। मुझे लगता है कि अधिकार जमाने की पहली सोच यही से विकसित हुई थी। क्लास रूम में घुसते ही अपने मनपसंद बेंच माने जिस पर आप अपने हमख़याल दोस्त के साथ रोज़ाना बैठते हैं, उसके साथ अपना टिफ़िन, बातें, शरारतें और खेल योजनाएँ शेयर करते हैं, बड़ी अहम चीज़ थी।

मुझे याद है कि हम प्राइमरी स्कूल में तीन दोस्त एक बेंच पर बैठा करते थे। तमाम बातें, चाचा चौधरी के क़िस्से और अपने मुहल्ले के बच्चों को लूडो में हराने के बातें रोचकता से हुआ करती थीं हमारे बीच। पराठा, आचार, ऑमलेट और मठरी की महक हमारे बीच होती, हमारे बस्तों में पड़ा ये ख़ज़ाना हमें आधे दिन की छुट्टी तक जैसे रोमांचित रखने का एक हिस्सा रहा। मैंने घरवालों से चोरी छिपे जितने ऑमलेट अपने दोस्त के टिफ़िन से उन दिनों खाये उन्हें अब तक नहीं भूला। दोस्त ने मेरे पराठे और खट्टा मीठा नींबू का अचार उड़ाया, जिसकी माँग वे हमेशा करते थे। इस तरह का आदान प्रदान हमारे सम्बंध की एक महत्वपूर्ण कड़ी था।

लोग कहते हैं कि आदमी को आपस में इक्कठा रहना नहीं आता। आता है जनाब पर आपकी नीतियाँ और नये प्रयोग इकट्ठा रहने दें तब न। आप सोचिये सबसे बुरी बात इस पूरे गठबंधन के लिए क्या होगी? माँ-बाप और स्कूल मैनेजमेंट बच्चों की दोस्ती और आपसी प्यार को कुछ नहीं समझते। ये बात मैं अनुभव के आधार पर कह रहा हूँ। मर्यादा, स्कूल और शिक्षा की नीतियाँ गयीं तेल लेने अगर वो हमें हमारे दोस्तों और बेंच से अलग करने की कोशिश करती

हैं। ठीक है कि बच्चे शरारती होते है, वे भजन करने से तो रहे। अब आप अपना बचपन तो ख़ूब मस्ती से जी चुके, हमारे समय आपको अनुशासन और न जाने क्या-क्या याद आ गया कि आप हमें एक जगह इकट्ठे भी बैठने नहीं देते।

हमें वाक़ई उस दिन बहुत बुरा लगा जिस दिन हम दोस्तों को हमारे प्रिय बेंच से जुदा किया गया। हमें अलग अलग बेंचों पर नये बच्चों के साथ बिठा दिया गया। हमारा प्यारा बेंच जिस पर हमने अपने नाम बड़ी ख़ूबसूरती से रंग बिरंगे स्केच से लिखे थे। पतंग उड़ाते और खेलते अपने कार्टून उस पर बनाये थे। हमारे आम के आचार के तेल के दाग़, नीली लाल स्याही के दाग़ और बेंच के साथ सटी किनारे वाली दीवार पर पड़ा दोस्त किशन के सिर पर लगे तेल का दाग़, कितना कुछ हमसे छिन गया था। क्या इस बात को कोई शिक्षा विद कभी महसूस कर पायेगा?

इन्हें बस विज्ञापन में चिल्लाना आता है ''दाग़ अच्छे हैं'' । मैं पूछता हूँ कि हमें इन दाग़ों के साथ रहने क्यों नहीं दिया जाता और एक बात, क्लासरूम में लगे पंखों में से एक के बिल्कुल नीचे था हमारा बेंच। कितनी बार सज़ा मिलने पर इस प्यारे बेंच के ऊपर हम दोस्त इकट्ठे खड़े हुए हैं। उस समय किसी क्रांतिकारी से कम फ़ीलिंग नहीं रही होगी। हाँ कई बार अकेले खड़े होने पर ज़रूर अजीब लगता था। बड़ी वी. वी. आई. पी. सीट छिन गयीं थी हमसे।

..........उफ़्फ़! अब भी याद करता हूँ तो दुखी हो जाता हूँ। बहुत मिन्नत की क्लास टीचर की, बहुत सुंदर और प्यारी क्लास टीचर थी हमारी, हमारी दोस्ती की पूरी समझ थी उन्हें, पर वो नया हेडमास्टर, जाने कहाँ से नये-नये प्रयोग करता रहता। एक दिन सुबह ही प्रार्थना सभा के दौरान बम फोड़ दिया कि सभी क्लास टीचर अपनी क्लास के बच्चों का कम्फ़र्ट जॉन तोड़ेंगे। उनके बेंच बदलेंगे, उनके साथ बैठने वाले बच्चों को बदलेंगे, और तो और उसने सभी क्लास टीचर को भी एक से दूसरी क्लास में बदल डाला। ख़ैर जो हुआ सो हुआ, पर हमारे साथ बुरा हुआ। हम रिसेस के दौरान एक-दूसरे से ऐसे मिलते जैसे कोई जेल से छूटकर मिलता हो। फिर धीरे-धीरे बात अपने आप सेट हो गयी। बेंच और साथ बैठने वाले बदले जाते रहे, पर दोस्त हम तीनों पक्के रहे।

हाई स्कूल और कॉलेज में स्थिति कुछ अलग रही। टीनेजर हुए तो बेंच पर बैठने के कई क़िस्से याद आते हैं। अब लड़का या लड़की के साथ बैठने के

अपने नये मायने थे। दोस्ती से ज़्यादा ग्रुप की अहमियत भी थी। कॉलेज के पहले ही दिन बहुतों ने फ़ैसला कर लिया था कि किसे किसके साथ बैठने का जुगाड़ करना है। ख़ूबसूरती, सहमति और आपसी आकर्षण ने बहुत कुछ बदल दिया था इस दौरान। बेंच पर दिल का चित्र बड़ी तफ़्सील से बनाया जाता और फिर उसके अंदर दो नाम जो ज़्यादातर एक मेल और एक फ़ीमेल होते, उकेरा जाता। ये काम बड़े चुपके से किया जाता, अक्सर जो प्रेमी जन जहाँ बैठता, उसी बेंच पर अपनी इस हस्तकला का नमूना चेप दिया करता। फिर एक साल के भीतर-भीतर पचास फीसदी अधिकार क्षेत्र मतलब कि कौन कहाँ, किस बेंच पर किसके साथ बैठेगा, तय हो जाता। यहाँ तक कि कॉलेज की कैंटीन, पार्क और लाइब्रेरी में पड़े बेंच पर भी हस्तकला के प्रेम भरे नमूने जहाँ तहाँ चित्रित होते।

आप कभी-कभार जब अपने पुराने कॉलेज में चक्कर लगाने जाते हैं तो एक बार ज़रूर कोशिश करते हैं, उन चित्रों को खोजने की, जिनमें आपका अल्हड़ समय छुपा होता है। अक्सर कई बार इन सभी इमारतों को समय, पेंट और नये नामों का नवीनीकरण निगल जाता है। आप समझ ही गये होंगे कि आप ही की तरह कितने नये मानव अपनी सभ्यता की छाप आप ही कि तरह छोड़कर जाने का प्रबन्ध किये होंगे। ख़ाली पीरियड के दौरान बेंच के ऊपर बैठे अपने दोस्त के कँधे पर बाँह टिकाये हमने कितनी ही बातें की हैं, दूसरों के मज़ाक़ उड़ाकर, ताड़ी मारकर हँसे हैं।

बेंच बड़ी कमाल की चीज़ है क्लास में इसके नीचे से छात्र काग़ज़ की पर्ची से बिना शोर किये कितनी सूचनाएँ साझा करते हैं, ये तो आप जानते ही होंगे। मुझे याद है अपना मित्र विकास और उसकी मित्र अंजना। आज दोनों विवाहित हैं। क्या आप मानेंगे कि बेंच का बड़ा योगदान रहा दोनों को इस रिश्ते तक लाने में। क्लास में मैं बीच वाले बेंच पर बैठा होता, मेरे दायें-बायें वाले बेंच पर विकास और अंजना। दोनों अपरिचित, परिचय हुआ तो बेंच की बदौलत। हुआ ये कि एक दिन विकास भाई को प्यार का बुख़ार चढ़ा और क्लास लगने से पहले ही क्लास में जाकर सारे बेंचों पर महाशय ने अंजना-अंजना चाक से लिख डाला। अंजना आयी तो, सभी बेंचों पर अपना नाम देखकर थोड़ा परेशान हो गयी, अपनी कॉपी से काग़ज़ का टुकड़ा फाड़कर अपना नाम मिटाने लगी। विकास ने सोचा था लड़की ख़ुश होगी, यहाँ उसे परेशान देखकर वो पसीज गया। इससे पहले कि टीचर आता, विकास महाराज ख़ुद भी सभी बेंचों से अपनी रचना को

मिटाने लगे, अंजना को भी पता चल गया कि ये करतूत इन्हीं महाशय की है।

"ऐसी हरकत दोबारा न करना, समझे?" अंजना ने गुस्से से विकस के पास आकर कहा। वो दो दिन विकास को अनदेखा करती रही, विकास माफ़ी माँगने के मंसूबे बनाता रहा। आख़िरकार साँझा आदमी उनके बीच मैं था, दोनों से बातचीत होती रहती। विकास ने मुझसे मिन्नत की, "भाई अब इस तल्ख़ी को तू ही ख़त्म करवा यार। मैं बहुत परेशान हूँ, मुझसे उसकी नफ़रत देखी नहीं जाती" मैंने उसे हफ़्ता दस दिन ठहर जाने की बात की, इस दौरान वो क्लास का शरीफ़ बच्चा बन कर रहा। पढ़ाई में वो तेज़ था ही, दूसरों को नोट्स देकर हेल्प भी करता। मतलब क्लास के बाक़ी लोगों के बीच वो एक सियाना पट्ठा था।

हफ़्ता गुज़र जाने के बाद मैंने उससे एक माफ़ीनामा अंजना के नाम लिखवाया। उससे पहले क्लास और कैंटीन में अंजना के सामने उसे हर एंगल से शरीफ़ लड़का साबित करने की भरपूर कोशिश की। माफ़ीनामा क्लास में विकास के हाथों लेकर बेंच के नीचे से अंजना तक पहुँचाया। उसे इस बात पर राज़ी किया कि मेरे ख़ातिर एक बार उसे पढ़ लेना फिर जो मन में आये, उसके लिए विकास सुनने को तैयार होगा।

अंतिम फ़ैसले यानी कि माफ़ीनामे पर अपनी प्रतिक्रिया देने के लिए कॉलेज कैंटीन का एक कोना निश्चित किया गया। जहाँ विकास अपनी रोनी सूरत लेकर बैठे। अंजना सामने थी और मैं उन दोनों के बीच बैठकर एक औपचारिक भूमिका निभा रहा था। अपनी संक्षिप्त भूमिका निभाने के बाद मैंने वहाँ से जाना ठीक समझा ताकि वे अपने मन की भड़ास खुलकर एक-दूसरे के सामने निकाल सकें। मैं लगभग आधा घण्टा कैंटीन के बाहर पेड़ के नीचे लगे बेंच पर अंजना की दोस्त के साथ बैठा अपनी चाय पीता रहा और सब कुछ सही हो जाने के लिए उसके साथ अच्छी-अच्छी बातें करता रहा। फिर देखा कि विकास और अंजना हँसते मुस्कुराते हमारी तरफ़ आ रहे हैं। मामला सुखद समाप्ति पर निपट गया था। पाँच साल का प्रेम उन्हें विवाह तक ले गया।

मुझे याद है हमारे एक प्रोफ़ेसर राजदान की जो बड़े अपडेट रहते थे किताबों और परम्पराओं के बारे में, हर विषय पर खुलकर बात किया करते थे उन्होंने एक बार उन लड़कों के बारे में जो डेस्क या बेंच पर दिल बनाकर अपनी प्रेमिका का नाम लिखा करते थे, कहा था, "बेंच पर लिखने का मतलब है कि तुम लोग सिर्फ़

दूसरों की पीठ पर लिख रहे हो, जो वो पढ़ ही नहीं सकता” ।

उनकी बात सुनकर मैंने भी कभी अपने मेज़ या बेंच पर लिखना छोड़ दिया था। हाँ! ये जिन्दगी के वो क़िस्से हैं जो गाहे-ब-गाहे याद आते हैं तो मन खिल उठता है। काश! हम फिर से उन दिनों को दोहरा पाते।

प्यार बिना चैन कहाँ

10
नियामतें

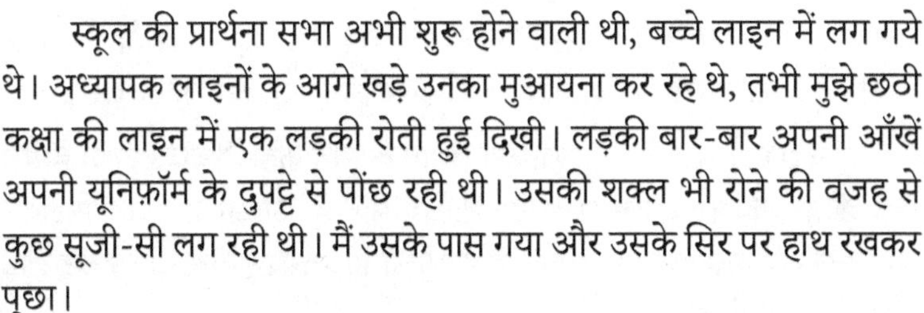

स्कूल की प्रार्थना सभा अभी शुरू होने वाली थी, बच्चे लाइन में लग गये थे। अध्यापक लाइनों के आगे खड़े उनका मुआयना कर रहे थे, तभी मुझे छठी कक्षा की लाइन में एक लड़की रोती हुई दिखी। लड़की बार-बार अपनी आँखें अपनी यूनिफ़ॉर्म के दुपट्टे से पोंछ रही थी। उसकी शक्ल भी रोने की वजह से कुछ सूजी-सी लग रही थी। मैं उसके पास गया और उसके सिर पर हाथ रखकर पूछा।

"क्या हुआ बेटे, क्या बात है, रो क्यों रही हो?...क्या किसी ने कुछ कहा, क्या तुम्हारा पेट या सर दर्द कर रहा है?"

लड़की ने कोई उत्तर नहीं दिया, वो फूट-फूटकर रोने लगी। मोटी, नाटी, प्यारी, मासूम-सी बच्ची...जैसे मेरा दिल उसे रोता देख पसीज गया। मैं उसे लाइन से बाहर निकाल क्लासरूम में बिठा आया और एक पानी का गिलास मँगवाकर पीने के लिए दिया। उसे दोबारा प्यार और सहजता से पूछा तो उसने बताया कि उसका छोटा भाई जो केवल छः महीने का था, बीमार था। मुझे लगा कि कोई बड़ी बात नहीं।

मैंने उसे समझाते हुए कहा,

"बच्चे अक्सर बीमार होते रहते हैं और ठीक हो जाते हैं। घबराओ मत, डॉक्टर दवा देगा और तुम्हारा भी ठीक हो जायेगा।" पर मेरी बात सुनकर वो और रोने लगी। उसने कहा कि गाँव के डॉक्टर से दवा ली थी, पर उसने ज़िला हस्पताल में भेज दिया था, वहाँ एक हफ़्ता दाख़िल रहा और अब वहाँ के डॉक्टर ने भी आगे सबसे बड़े अस्पताल में भेज दिया है। भाई को नमूनिया हो गया है और पाइपों से उसके फेफड़ों से पानी निकालना पड़ता है।"

उसका दर्द सुनकर मेरी आँखें भी भर आयीं, जैसे मुझे अपना एक पुराना दर्द याद हो आया। तभी प्रार्थना सभा के समाप्त होने की घण्टी बज गयी।

क्योंकि आज मुझे इसी लड़की की क्लास में ही आना था इसलिए मैं वहीं बैठा रहा। मेरे अंदर जैसे भावनाओं की लहरें तेज़ गति से आ जा रही थीं। मेरा हृदय और बुद्धि एक-दूसरे के साथ संघर्ष कर रहे थे। भावुकता और सहजता के बीच उलझा मेरा मन और शरीर संतुलन बनाने की कोशिश में जुटा था।

प्रार्थना सभा समाप्त होने के बाद सभी बच्चे कक्षाओं में वापिस आ गये थे। हम अध्यापक भी अपना हाजिरी रजिस्टर उठाकर अपनी अपनी कक्षा में चले गये। मैं कक्षा में बैठा अभी भी सामने बैठी उस उदास लड़की की तरफ़ देखता हुआ सोच रहा था कि बाक़ी बच्चों के सामने उसे कैसे सहज करूँ।

मैंने सभी विद्यार्थियों की हाजिरी लगाने के बाद कहा, ''बच्चों आज हमारी एक छात्रा उदास है, उसका छोटा भाई बीमार है, आओ हम सब मिलकर भगवान से प्रार्थना करें कि इसका भाई जल्दी ही स्वस्थ होकर वापस घर लौटे और इसके साथ ख़ूब खेले।''

मैंने सभी बच्चों को हाथ जोड़कर और आँखें बंद करके प्रार्थना करवाई तथा बच्चे की कुशल माँगी। सभी ने जैसे छोटे बच्चे के दुख को जान लिया हो, बच्चों ने चुपचाप प्रार्थना की। लड़की की आँखें बंद थीं और उन बन्द आँखों से भी आँसू गिर रहे थे। मैं उस दिन जैसे मौन के समुद्र में डूबा रहा। एकांत में बैठा उस बच्चे के लिए प्रार्थना करता उसके कुशल की प्रार्थना करता रहा।

कितना आसान होता है दूसरे के दर्द में उसको हौसला देना पर जो ख़ुद दर्द झेल रहा हो, उसकी पीड़ा बड़ी मुश्किल से दूर होती है। आख़िर ऐसा क्या है पूरे जीवन में जो सबसे ज़्यादा ज़रूरी है? शायद मैंने ये जाना है कि दुनिया की सबसे बड़ी अमीरी स्वस्थ शरीर है। ''जीते रहो'' का आशीर्वाद जो हमें बड़े बुज़ुर्ग देते थे उसका अर्थ बड़ा गहरा है।

ये मैंने तब जाना जब मेरा बेटा एक साल का था, उसकी गर्दन पर कान के नीचे अचानक एक गाँठ उभर आयी। डॉक्टर को दिखाया तो उसने मामूली इंफ़ेक्शन बताकर पाँच दिन की दवा दी पर वो गाँठ सख़्त रही और नरम नहीं पड़ी, डॉक्टर ने जिले के अस्पताल में दिखाने को कहा। बच्चा रात को शायद दर्द के कारण सोता नहीं था और रोता रहता था और दवाइयों के कारण उसकी भूख भी कम हो गयी थी। लगभग एक महीना दवा खाने के बाद भी उसे कोई आराम न हुआ। मैं और सारा परिवार चौबीसों घण्टे मानसिक तौर पर परेशान रहते था

और हमारे मन में एक भय था जिसका खुलासा हम न करते पर एक-दूसरे की आँखों में जैसे उस डर को पढ़ लेते। ये डर था कैंसर का जिसके कारण साल भर पहले ही मैंने अपनी माँ को खोया था, उसकी छाती में गाँठ थी जो बाद में कैंसर निकली। पूरा एक साल ऑपरेशन, महँगी दवाएँ, उन के कारण माँ की बढ़ती खीझ और पिताजी की चिंता जैसे पूरे घर में व्याप्त थी। जैसे हम सब धीरे-धीरे रोज़ मर रहे थे। जीवन की सभी कामनाएँ, इच्छाएँ, और सपने शून्य हो गये थे। लगभग एक साल की इस यंत्रणा के बाद माँ नहीं रही; कितना समय हमें सहज होने में लग गया। हम सब अब शरीर में कभी ज़रा-सी फुंसी-फोड़ा देखकर भी चिंता से भर जाते और अपने मन को समझ-बुझाकर डरते हुए इलाज करवाते। माँ की मृत्यु के बाद आस-पड़ोस, अख़बार से कितने ही लोगों को कैंसर होने के समाचार हमने सुने, मृत्यु देखी, परिवारों को इससे जूझते देखा पर हर कोई क्रिकेटर युवराज सिंह जितना भाग्यशाली नहीं था।

मेरे बेटे की गले की ये गाँठ मुझे दिन रात परेशान करती और मैं अपने आप को, अपनी पत्नी को यही समझाता कि सब ठीक हो जायेगा और ऐसी कोई बात नहीं।ख़ैर अंततः डॉक्टर ने उस गाँठ का स्पेशल टेस्ट करवाने के लिए हमें कहा। ये वही टेस्ट था जो कैंसर की पहचान के लिए करवाया जाता है। डॉक्टर की बात सुनकर मैं जैसे टूटी हुई माला की तरह बिखर से गया, पर टेस्ट तो करवाना था। ईश्वर, भगवान, याद किये हुए मन्त्र सब मैंने दोहराये, मन ही मन अपने किसी अनजाने पाप की सज़ा बच्चे को न देने के लिए कहा।

टेस्ट हो गया, रिपोर्ट एक घण्टे बात मिल ही जानी थी। मैं जैसे एक-एक पल में सालों मर रहा था, पूरी कायनात में एक ही इच्छा थी कि मेरा बेटा तंदुरुस्त हो उसे कोई भयंकर बीमारी न हो। ख़ैर टेस्ट रिपोर्ट आयी तो हमें जैसे एक उम्मीद मिल गयी। टेस्ट में कुछ भी ऐसा नहीं था जो परेशान करने वाला हो, मैंने ईश्वर का बारम्बार धन्यवाद किया। टेस्ट की रिपोर्ट चेक करने वाली डॉक्टर ने कहा कि आजकल ये टेस्ट नॉर्मल हो गया है और ज़रूरी नहीं कि कोई गंभीर बीमारी हो। बहुत-से बच्चे इस तरह के केस में आये हैं और एंटी बायोटिक लेकर ठीक हो गये हैं। मेरा मन जैसे उम्मीद से भर गया था। हफ़्ते में ही बेटे की गाँठ नरम पड़ गयी और उसकी पस निकल गयी। दवाइयों के असर के असर से बेटा कमज़ोर हो गया था, उसे लगभग एक साल भयंकर क़ब्ज़ से लड़ना पड़ा। लेकिन आज इस बात को जब आठ साल बीत गये हैं सब ठीक है। जीवन

अच्छाख़ासा बीत रहा है, पर एक सबक़ है जो हमेशा मन में कौंधता रहता है तब, जब मैं किसी छोटी-मोटी बात को लेकर निराश होता हूँ, ये सबक़ है ज़िन्दगी को ज़िन्दाबाद कहने का। सभी भौतिक चीज़ों की प्राप्ति की तड़प में न जीकर इस बात के लिए जीने का कि दूसरों के दुख-दर्द में उनका हौसला बनाये रक्खें और एक ही कामना करें कि हम स्वस्थ और प्रसन्न रहे, ये दो नियामतें ही सबसे ज़्यादा ज़रूरी हैं, बाक़ी सब कुछ अपने आप ही मिल जाता है।

 प्यार बिना चैन कहाँ

11

रिक्शे पर ज़िन्दगी

सुबह के सात बज चुके हैं, लखनऊ स्टेशन आ गया है। लगभग चार साल बाद यहाँ आने का मौक़ा मिला है। ट्रेन से उतरते ही दिमाग़ में बस एक ही बात है घर तक रिक्शा से ही जाऊँगा, न कैब लूँगा, न ऑटो। परिवार के सदस्यों को फ़ोन पर ही कह दिया था, "स्टेशन पर लेने मत आना, शहर को आराम से देखता हुआ आऊँगा"

लखनऊ से एक ऐसा लगाव है कि बस मुझे स्टेशन से घर तक इसकी सड़कों, दुकानों, लोगों और हर दृश्य को नज़दीक से महसूस करते हुए जाना है। रास्ते में आने वाले हर नुक्कड़ को देखना है, हर मोड़ से मुलाक़ात करनी है। तीन ही तो दिन हैं मेरे पास यहाँ घूमकर दोबारा अपनी यादों को जीने के लिए। चारबाग़ रेलवे स्टेशन से निकलने से पहले ही ऑटो वाले "आइये, कहाँ जायेंगे, ले चलते हैं" कहकर मुझे और अन्य यात्रियों को लपकना चाहते हैं, पर मुझे तो रिक्शा पर ही जाना है, इसलिए मैं बाहर ऑटो, टैक्सी और रिक्शा की भीड़ में अपना सारथी तलाशने लगता हूँ। रिक्शेवाले ऑटो और ई-रिक्शा की भीड़ में सवारी मिल जाने की प्रतीक्षा इस प्रकार करते हैं जैसे चमकते-दमकते मॉल्स के बग़ल में कोई चाय का खोखा लगाये मिल जाये। सस्ता होना भी शायद एक गुण है, जो किसी को ज़रूरी बनाये रखता है।

रिक्शा वाले अपने रिक्शे की काठी पर कोहनी टिकाये, हैंडिल पर झुके या रिक्शे की ग़द्दी पर बैठ पान चबाते अपनी प्रतीक्षित आँखों से दिहाड़ी पा जाने के लिए सवारियों को देखते हैं, बुलाते हैं।

"जी भाई साब, जी बाऊ जी, जी भैया, कहाँ जायेंगे...चलिए...छोड़ दें।"

बहुत-सी आवाज़ों के शोर में अपनी आवाज़ को सुनाते, अपनी मौजूदगी जताते वे रिक्शा वाले बहुत आशावादी लगते हैं। कुछ कोनो में ईंट-चूल्हे पर रोटी सेंक रहे हैं, कुछ बीड़ी पीते शायद किसी दूर के चक्कर की थकान मिटा रहे

है। मैं भी कुछ रिक्शा वाले से जाने के लिए पूछता हूँ। वह घर का पता सुनता है तो शायद बहुत दूर होने के कारण जाने से इंकार कर देता है। पहले भी कितनी बार आया हूँ, स्टेशन से घर तक रिक्शा लेकर गया हूँ। वही सड़क है, वही जगह है, तो घर दूर कैसे हो गया। क्या विकास और समय का पहिया दूरियाँ बढ़ा देता है? दूरियों की परिभाषा बदल देता है? जिससे पूछता हूँ, वो जाने के लिए इंकार कर देता है।

"नहीं साहब, नहीं बाबू जी, नहीं भैया, बहुत दूर है, नहीं जाएँगे" बड़ी तमीज़ से कहते।

मुझे कुछ निराशा हुई, शायद शहर को आराम से देखने की ललक तेज़ी से भागते हुए साधनों पर बैठकर ही बर्बाद हो जायेगी।

सोचा ऑटो ही सही।

ऑटो की तरफ़ बढ़ा ही था, एक और रिक्शा वाला दिख गया। थोड़ा आशावादी रुख़ अपनाते हुए उसकी तरफ़ बढ़ा तो उसने मेरे पूछने से पहले ही पूछा, "कहा जायेंगे भैया?"

"चौक चलोगे?"

"जी, बैठिये ज़रूर चलेगें"

"क्या लोगे" मैंने पूछना उचित समझा, शायद पूछना और क़ीमत तय करना एक आदत है .....क्योंकि उसने बड़े आराम से सहमति दे दी थी।

"जी डेढ़-सौ, वैसे कोई रिक्शा वाला इतनी दूर कम ही जाता है, मगर अभी सुबह का टाइम है, गर्मी तो नौ बजे के बाद शुरू होगी, इसलिए चल रहा हूँ" उसने सहजता से कहा।

मेरे हिसाब से सौ रुपये बहुत थे पर न जाने क्यों ....मैंने कोई मोल भाव नहीं किया और रिक्शा पर सहमति देते हुए बैठ गया और कहा, "आराम से चलना, कोई जल्दी नहीं"

"जी बाऊजी" उसने रिक्शा स्टेशन से बाहर निकलते मुख्य रास्ते की ओर घूमा लिया।

कितना कुछ बदला सा लगता है, मेट्रो के जाने के लिए बना पुल नया

निर्माण है। भीड़ से भरा चारबाग़ का बाहरी चौराहा। पोस्टर, बैनर से अटी पड़ी दीवारें, आस-पास के पेड़ों और बिजली की तारों में फँसी पतंग, हलवाइयों की दुकानों के आगे ख़स्ता पूड़ी का नाश्ता करते लोग और छोटे-छोटे मन्दिरों के बाहर बिकते फूल और मंदिर में बजती घण्टियाँ, ये सब लखनऊ की पहचान है। यहाँ वहाँ दीवारों पर पान की पीक के दाग़ तो शायद कभी ही मिटें।

रिक्शेवाला दायें-बायें मोड़ काटता धीरेधीरे आगे बढ़ रहा था। भूरे रंग की पैंट जो एड़ियों से तीन इंच ऊपर तक मोड़ी हुई थी, सफ़ेद रंग की साधारण सूती क़मीज़ और सिर पर लपेटा सफ़ेद गमछा। रिक्शावाले की एक और ख़ासियत ये थी कि वो पान शायद नहीं खाता था, खैनी खाता होगा, ऐसा माना जा सकता है। मैंने उससे पूछा-

"और भैया लखनऊ में क्या बदला है?"

"हमारे लिए तो बाऊजी, सब कुछ वैसा ही है, जैसे पहले था, बदलना-वदलना सब बड़े लोगों के लिए होता है। आजकल सब दिखावा ज़्यादा करते हैं, करने-धरने को कुछ नहीं, बस प्रचार हो गया यही बहुत है। अपने लिए तो बस यही है कि काम करते रहो, ज़ुल्म सहते रहो"

"अच्छा, भाई मैं तो चार साल बाद आया था, सोचा पूछ लूँ"

"बाऊजी, मुझे पच्चीस साल हो गये यहाँ रहते। वही सब देख रहे हैं जो पहले होता रहा है, रिक्शावालों की न तब इज़्ज़त थी न अब है"

"अरे तो आप भी ज़माने के साथ बदलो भाई, अब तो सरकार ई-रिक्शा दे रही है, चलाने के लिए, मैंने तो ऐसे ही सुना है"

"हम ग़रीब कहाँ से ई रिक्शा ख़रीदें, उसके लिए पैसा चाहिए और पैसे के बिना कौन मुफ़्त में दे देगा कोई चीज़ बाऊजी"

"मैंने तो यही अंदाज़ा लगाया था कि शायद कोई स्कीम चली हो आप लोगों के लिए, रिक्शा खींचना कौन-सा आसान है"

"बाऊजी कल सुबह एक घण्टा रिक्शा चलाया था, फिर कमरे पर चला गया। अपने बच्चों और परिवार के पास, बहुत गर्म पड़ रही थी। कमरें पर पंखा भी गर्म हवा छोड़ रहा था, बस इतनी तसल्ली थी कि परिवार के बीच बैठा हूँ।

खायापीया, बातचीत की और सो लिया। फिर रात आठ बजे रिक्शा निकाला; आज भी ऐसा ही प्रोग्राम है''

''कमाई तो ठीक ठाक हो जाती होगी?''

''बाऊजी रिक्शा चलाने का काम हमें बिल्कुल पसंद नहीं है, पर क्या करें और कोई काम अभी मिल नहीं रहा, पहले किराये पर किसी की टैक्सी चलाता था, एक दिन बस कुछ टैक्सी वालों के साथ लफड़ा हो गया और पूरे दो साल लखनऊ से बाहर रहना पड़ा। अब ये रिक्शा भी मेरी नहीं है, किराये की है। रोज़ पचास रुपया इसका किराया देना होता है, बाक़ी नफ़ा-नुक्सान अपना है। इसलिए ज़्यादा लालच नहीं करता, बस ये होता है कि सुबह शाम रिक्शा चलाना है और दोपहर अपने परिवार के साथ रहना है। एक लड़की थी उसकी शादी तीन साल पहले कर दी है, दो लड़के हैं, एक इंटर की परीक्षा देगा तो दूसरी नवीं में पढ़ रहा है। बस इतना है कि अपने बच्चे ज़्यादा घर से बाहर नहीं घूमते, घर से स्कूल और स्कूल से घर। बाक़ी ज़माना है ही ख़राब, भगवान की इतनी कृपा है कि बच्चे ठीक-ठाक हैं ज़्यादा दुनियादारी से मतलब नहीं रखते, अपना काम करते हैं और घर पर रहते हैं''

''तो कोई लोन वग़ैरह लेकर काम धन्धा बदलने की नहीं सोची? ग़रीबों को सस्ते में लोन दे रही है सरकार''

''बाऊजी ऐसा है, सरकार अपना काम कर रही है, ठीक है पर मान लीजिये आज हम दो लाख लोन ले लें, काम धन्धा भी चला लें पर भगवान न करे कोई दुर्घटना हमारे साथ घट जाये तो परिवार का क्या होगा। मुश्किल से दो कमरे का घर है, वो भी कुर्क हो जायेगा। रिक्शावाले तो पहले ही बदनाम हैं, लोग उन्हें चोर, शराबी और न जाने क्या-क्या कहते हैं; जिसका मन करता है हमें गाली बक देता है। आप हैं जी हमसे इतनी इज़्ज़त से बात कर रहे हैं, वरना हमारा तो भाग ही फूटा हुआ है''

''ओह, ये तो बड़ी ग़लत बात है, तुम लोग भी मेहनत मजूरी से अपना पेट भरते हो, कोई चोरी तो करते नहीं!''

''अब क्या किया जाये, कुछ रिक्शा वाले हैं जिनकी वजह से सब बदनाम हैं। अब देखिए मैं अपना परिवार मुश्किल से पालता हूँ, बच्चे सरकारी स्कूल

में पढ़ा रहा हूँ क्योंकि प्राइवेट में पढ़ाने की औक़ात नहीं। राशन-पानी पूरा हो जाय यही बहुत है। नशा-शराब मैं करता नहीं हूँ, दूसरी तरफ़ ऐसे भी रिक्शा वाले हैं जो रोज़ शाम को दारू पीते हैं, झगड़ा करते हैं, बीवी बच्चों को पीटते हैं। न परिवार से कोई लगाव, न अपने से प्यार। उनके बच्चे स्कूल नहीं जाते, आवारा घूमा करते हैं, चोरी चकारी करते हैं या बेकार इधर-उधर लफड़ा करते हैं। ज़्यादातर हाल ऐसा ही है, उनके कारण सब बदनाम हैं, समाज में हमारी कोई इज़्ज़त नहीं है''

''ओह, तब तो कोई करे भी तो क्या करे। कोई बात नहीं भाई तुम अपने परिवार की भलाई के बारे में सोचते हो यही बहुत है। अब तुम्हारा लड़का इंटर कर लेगा तो कोई काम-कोर्स वग़ैरह करवा देना। सेट होगा तो परिवार के दिन भी बदल जायेंगे'' मैंने एक उम्मीद देने की कोशिश की।

''कोर्स के लिए भी पैसा चाहिए बाऊ जी, वो अपने पास है नहीं, अब तो बस भगवान मालिक है। पर बस एक कोशिश रहती है कि मेरा परिवार भूखा न सोये, यही सोचकर काम किये जाता हूँ, वरना रिक्शा चलाना एक मजबूरी से ज़्यादा कुछ नहीं''

''कोई बात नहीं सरकारी संस्थान के कोर्स आसानी से किये जा सकते हैं, वहाँ ज़्यादा ख़र्च नहीं होगा''

''जो भगवान को मंज़ूर, बच्चे हमारे अभी तक बाहरी ख़ुराफ़ात से बचे हुए हैं, यही ग़नीमत है। अब पक्का मकान है मेरे पास, बस पानी की व्यवस्था नहीं है, टँकी भर के रखनी पड़ती है। सबमर्सिबल लगवाना चाहता हूँ पर उतना ख़र्च कौन करे। पर यही सोचता हूँ कि जितना हो गया है, उसी में संतोष रखें, बाक़ी भी हो ही जायेगा। बस परिवार से लगाव है इसीलिए दुख-सुख सब झेल लिया जाता है''।

मुझे रिक्शावाले की बातें सुनते हुए अपना परिवार याद आने लगा। मैं सोचता हूँ कि यदि हमारे पास परिवार न हो, बच्चे न हों तो शायद जीने के कारण कितने कम रह जाते हैं। काम तो सबको कुछ न कुछ करना ही है पर उसका कोई न कोई उद्देश्य तो होना ही चाहिए।

मेरा घर नज़दीक आ रहा था। मैंने रिक्शावाले को ताकीद करते हुए दिशा बताई।

''हाँ भैया इस मोड़ से आगे जाकर उतार देना''

घर आ गया, मैंने उतरकर पैसे देते हुए कहा, आपके परिवार के लिए बहुत सी दुआएँ, ईश्वर आपको प्रसन्न रखे''

''बाऊजी, बहुत अच्छा सफ़र कटा आपके साथ, कुछ ग़लत बोल दिया हो तो माफ़ कर देना। आप लोगों की दुआओं का ही सहारा है'' कहते हुए उसने विदा ली।

मैं अपने परिवार के बीच बैठा रिक्शावाले की कहानी सुनाने लगा।

प्यार बिना चैन कहाँ

12
बीबी

कंजूसी और चटोरापन शायद बुढ़ापे और बचपन की विशेष आदतें हैं। घर का सबसे पुराना और ठंडा कमरा। इसकी छत आज भी लकड़ी के लाल शहतीरों से बड़े क़रीने से सजी है। कमरे के पीछे एक और कमरा। इसमें पुराने संदूक़ और पेटियाँ बड़े-बड़े ग़लीचों से ढकी पड़ी हैं। कमरे की एक दीवार में बनी अलमारी में कुछ पुराने पीतल के बर्तन जैसे किसी याद को सहेज के रखा गया हो। अन्य दीवारों पर देवी-देवताओं के कुछ नये-पुराने कैलंडर। एक कोने में पुरानी हाथ से चलाई जाने वाली चक्की, कमरे के बड़े रोशनदानों में कुछ पुराने मटके। छत के बीचो-बीच चलते पंखे के नीचे बड़े पायों वाली पुरानी चारपाई। ये चारपाई और इसकी मज़बूती शायद उतनी ही पुरानी है जितनी पुरानी है हमारी बीबी की इस घर से जुड़ी यादें। सुबह होते ही वे सबसे पहले उठकर अपने पोपले मुँह को खाने लायक़ बनाने के लिए अपनी चारपाई के नीचे पड़े लोटे को उठायेंगी। उसके भीतर भरे पानी में डूबे अपने नकली दाँत इस तरह फ़िट करेगी जिस तरह कोई अपने जेब में पर्स रखता है। फिर कुल्ला करके दीवार में बनी एक अलमारी से रस का पैकेट निकालेगी और मेज़ पर कटोरी से ढके चाय के गिलास को वहीं पड़ी बड़ी कटोरी में डाल लेंगी और उसमें रस को डुबो-डुबोकर खायेंगी।

चाय में आज भी मीठा कम हुआ तो ''ये बहू चाय दे के गयी है या गर्म पानी? अरे भई तुम लोगों को ये शुगर-वुगर होता है तो क्या सारा संसार मीठा खाना बंद कर दे।'' वे मन ही मन कोसेंगी।

''अरे गुड्डू ...बेटा थोड़ी चीनी दे के जाना ... ।'' वो पोते को आवाज़ लगा देंगी।

असल में वो सुनाना बहू को ही चाहती हैं और फिर बहू खीजती-सी आयेगी और शक्कर का एक छोटा डिब्बा लगभग पटकते हुए उनके पास रख देगी।'' जितना मन हो डाल लो, हमारे डालने से तो तुम्हारा मीठा पूरा होने से रहा।''

बीबी बूढ़ी हैं और उनकी सारी इच्छाएँ जीभ पर केंद्रित हो गयी हैं। पर मन है कि पैसा होने के बावजूद उसे ख़र्च करने का हौसला नहीं देता; बीबी ऐसी ही हैं हमारी। उम्र लगभग अस्सी के पार, चलने फिरने की ज़्यादा इच्छा नहीं है। बाथरूम-टॉयलेट कमरे के साथ ही है, बस वहाँ तक दिन जितना चल दी अब हैं तो हैं, आप जितना मर्ज़ी प्रवचन कर लीजिए, मरती मर जायेंगी पर खीसे से एक पैसा भी बड़ी कंजूसी से ख़र्च करेंगी।

बाबा सरकारी कर्मचारी थे, उनके जाने के बाद अच्छी पेंशन पाती हैं पर आदत अभी भी पैसा जोड़ने और कंजूसी से ख़र्च की गयी नहीं। बच्चों की तरह अपने पास पड़ी विशेष खाने वाली वस्तु को किसी के साथ नहीं बाँटेंगी। रोटी-सब्ज़ी जो घर में बनी हो, वो पेट भर गुज़रा करती है।

दलिया, खिचड़ी की पूरी शौक़ीन। क़ब्ज़ की मरीज वो दूसरों के लिए थीं।

''अरे भाई जब कुछ आने लायक़ होगा तो अपने आप बाहर आ जायेगा, सारा दिन बेकार पखाने की चिंता किये रहते हो।'' उनके लिए क़ब्ज़ एक वहम थी।

चाचा, पिता जी सब समझाते -अब तुम्हारा हाज़मा कमज़ोर पड़ गया है, सलाद, दाल और फल ज़्यादा खाया करो। पर वे टस से मस न हुईं।

उल्टे उन्हीं को सुनाते हुए कहतीं, "अपनी घरवालियों का हाज़मा सँभालो। हमने तो तुम सबको जो खा के पैदा किया और बाद में खाया उसी की बदौलत अभी तक काम चल रहा है। एक ये हैं फल, सलाद खाने वाली, बच्चे भी जने तो पेट चिरवा के, झाड़ू-पोंछा वो इनसे बैठ के होता नहीं, अभी क्या उम्र है इनकी और सब घुटने पकड़ के हाय! हाय! करती रहती हैं। इनकी उम्र में पूरा घर लीपा है मैंने गोबर और मिट्टी से पैरों के बल बैठकर। मुझे कहती है कि मेरा हाज़मा कमज़ोर है। फ़िक्र मत करो तुम्हारे ऊपर अपनी देह का बोझ नहीं पड़ने दूँगी, इश्वर ने चाहा तो खाती-पीती और चलती-फिरती, आराम करती मरूँगी।''

पिछले दस सालों में तीन-चार बार उनकी तबीअत ख़राब हुई, लगा कि अब कुछ दिन की मेहमान हैं। डॉक्टर से चेकअप होता, सारे टेस्ट सही आते, शुगर बी. पी. सब नार्मल। थोड़ा बहुत केलोस्ट्रोल बढ़ा दिखता, दो-चार दिन दवा-पानी खाकर फिर ठीक हो जातीं। खाने पीने की फिर वही आदतें- अच्छी तड़का लगी खिचड़ी, गुड की शक्कर से सरोबार गेहूँ का दलिया और तली-बघारी

सब्ज़ी बीबी के खान-पान में फिर शामिल हो जाते। रिश्तेदार और आस-पड़ोस के लोग कहते कि जो माँगती हैं वही दे दो। उसके भाग का है, पूरा कर रही है, सेहत की ज़्यादा चिंता मत करो। घर की सब बहुएँ भुनभुनाती हुई सुनतीं, उन्हें भी आदत पड़ चुकी थी। बाक़ी कड़वा सच तो था ही।

रात के खाने में अगर दाल बनती तो मुँह फूला लेतीं, मन मारकर रोटी के टुकड़े को डाल से ज़रा-सा छुवाकर खातीं। माँ, चाची उनके नखरों को लेकर बड़बड़ाया करतीं। बीबी के नखरेबाज़ होने का भी कारण था। वह अक्सर बताया करती कि जब वो कुँआरी थीं किस प्रकार सारे घर का काम-काज सँभालती थीं; पाँच भाइयों की इकलौती बहन। भाई और पिता खेती का सारा काम सँभालते। ज़मीन काफ़ी थी। घर में पाँच भैंसे और दो देसी नस्ल की गाय थी। उनका दूध दुहना, सँभालना, मथना आदि सब काम बीबी के ज़िम्मे थे। घर में दूध, लस्सी, घी की कोई कमी नहीं थी पर सब पर बीबी का नियंत्रण था। चौके में चूल्हे पर रखे बड़े मिट्टी के बर्तन में दूध कढ़ता रहता। खेत में जब फ़सल का काम होता तो चाय, लस्सी सब बीबी खेत मज़दूर के हाथ भेजतीं। बीस-बीस जनों की रोटियाँ बना पकाकर भेजना सब बीबी अपनी भाभी के साथ करवातीं।

उनकी माँ गठिया की मरीज़ थीं जिस कारण उनसे ज़्यादा काम न होता था। शाम मुँह अँधेरे जब भी और पिता घर लौटते तो चूल्हे पर कढ़ रहे दूध में आटे से बनी सेवईयाँ पक चुकी होतीं। बीबी ख़ुद सबको बड़े कटोरों में भर-भरकर खाने को देतीं। पास में गुड़ की शक्कर का भरा कटोरदान पड़ा होता जिसका जितना मन होता अपनी सेवइयों में डाल लेता। उन दिनों लोग शारीरिक मेहनत ज़्यादा करते थे इसलिए मीठा ख़ूब खाते पर किसी को शक्कर रोग नहीं होता था। बीबी कई बार भाइयों के लिए रोटियों में शक्कर और ख़ूब सारा घी डालकर चूरी कूटतीं, और उनके लड्डू बनाकर थाल में रख देतीं। सब भाई बाँटकर खाते और बीबी की बड़ी प्रशंसा करते। भाभी को भी अपनी ननद का पता था कि खाने में दाल उसे बिल्कुल पसंद नहीं। तली बघारी सब्ज़ियाँ हों, खिचड़ी, दलिया, सेवईयाँ, खीर पूड़े हों, ये ही बीबी की पसंद थे।

साढ़े पाँच फुट से ज़्यादा लम्बी बीबी घर के कूड़े करकट से भरी तीस-चालीस क़िलो के बड़े टोकरे को ऐसे ही थोड़ा उठाकर बाहर पशु बड़े के एक कोने में फेंक आतीं। सारे पशुओं का गोबर खींचना, इकट्ठा करना और उसके बाहर ढेर पर फेंकना बड़े ज़ोर के काम थे। बीबी सब बड़े हिम्मत से करतीं।

‘‘ये घर कम था, हवेली ज़्यादा। रहने वाले मैं, तेरे बाबा और उनकी माँ। काम तो एक आँगन और कमरे से चल जाता था लेकिन पूरे घर को मैं झाड़ू, पोंछा लगा के साफ़ रखतीं। पूरे घर का फ़र्श गोबर और मिट्टी से लीपतीं। मेरे भाई ने एक बार गाँव से ही मिस्त्री भेज दिया और उसके साथ ख़ुद काम करवा के सब टूट-फूट की मुरम्मत करवाई। बँटवारे के बाद जब सरकार ने घर का क़ब्ज़ा दिया था तो मेरे ससुर को ये घर मिला। परिवार बड़ा था इसलिए घर भी काफ़ी बड़ा था। पहले इस घर में मुसलमान रहते थे, सुनते हैं जाने से पहले अपना सब दबा-गड़ा अपने जान-पहचान वाले पड़ोसियों को दे गये थे। हम लोग भी ऐसे ही लुट-पिटकर लाहौर से इधर आये थे। तब बड़ा बुरा वक़्त था, मैं भी कोई बारह तेरह साल की रही हूँगी।’’ बीबी बतातीं और हम बच्चों की आँखों के सामने कितने ही दृश्य जैसे साक्षात होने लगते।

‘‘अच्छा बीबी अपने घर से कोई सामान वग़ैरह नहीं निकला, जो मुसलमान छोड़ गये थे?’’ हमें जिज्ञासा होती जानने की।

‘‘अरे कहाँ दो-दो फ़ुट चौड़ी दीवारें थीं इस हवेली में, दीवार में कहीं-कहीं ईंट के पीछे कोई खड्डु-सी होती, उसमें मिट्टी के बर्तन निकलते या उनमें चूना भरा होता। हाँ! ये ऊपर की तरफ़ मेरे कमरे की दीवार में एक अलमारी जैसा रखना-सा बना था। भाई ने मिस्त्री से छत की मुरम्मत करवाते समय साफ़ करवाया तो लोहे के बड़े बर्तन निकले थे और बाक़ी मेरी सास बड़ी घुन्नी थी, सब पैसा-टका कहाँ है कहाँ नहीं है वो सब खोजबीन कर चुकी थीं। तेरे बाबा के लिए पूरे पाँच हज़ार उन दिनों मेरे ससुर एक बनिये के पास जमा कर गये थे, उनके मरने के बाद जब मेरी सास बनिये से पैसे माँगने गयी तो वो साफ़ मुकर गया। कहने लगा कि पैसे तो दिये थे लेकिन सिर्फ़ दो हजार, ये लेने हों तो जब मर्ज़ी ले जाओ। मेरी सास ने बहुत शोर मचाया पर बनिया एक न माना और दो हज़ार देकर पल्ला झाड़ गया। कहते हैं कि एक साल के भीतर ही बनिये का बड़ा लड़का मर गया, उसकी घरवाली को वहम रहने लगा। बनिये को ख़ूब कोसा और फिर उसकी घरवाली ने मेरी सास के पैर पकड़े और बाक़ी पैसे देकर भूल-चूक मानी ....कर्म का फल बड़ी चीज़ है, यहीं सब पापों का प्रायश्चित हो जाये तो बढ़िया।’’

उस ज़माने में पाँच हज़ार बड़ी रकम होती थी। उन पैसों का क्या किया होगा, कैसे ख़र्च किये होंगे, इस बारे में हम पूछते तो बीबी कहतीं, “अरे मेरी सास और तेरे बाबा खाना कम खाते थे और मिठाई ज़्यादा, मेरी सास के सिरहाने

एक छोटी मटकी पड़ी मैंने भी देखी थी। उसमें बर्फ़ी, खोया और जलेबियाँ रखा करतीं। दोनों माँ-बेटे चाय या दूध के साथ खा पी के गुज़ारा करते। आस-पड़ोस वाले यही बताते थे मुझे जब मैं ब्याह कर आयी।'' बीबी की बात सुनकर पिता जी हँसने लगते।

''बताओ भला हमारी दादी पाँच हज़ार की बर्फ़ी खा गयीं, माँ उन दिनों रूपये क़िलो तो बर्फ़ी का रेट होगा ...तुम भी क्या बात करती हो।''

''अच्छा ये बता काका, जब तू आठ साल का था तो यहाँ आंगन वाले कुएँ में अगर कोई बर्तन-भांडा गिर जाता तो कैसे रस्सी के सहारे फट से उतर जाता था, आजकल ये तेरे बच्चे इतने बड़े हो गये हैं पर है कोई जो ऐसा जोख़िम वाला काम कर सके? चुबारे की सीढ़ियाँ चढ़ते तो इनके दम फूल जाते हैं। अरे पहले लोगों की ख़ुराक भी थी और काम भी बहुत थे, घी-शक्कर ख़ूब हजम होता .... अब तो न ढंग का खाने को है और न कोई ज़ोर वाला काम।'' बीबी की बात सुनकर सब चुप कर जाते।

वैसे समय बदला तो खाने पीने के ढंग भी बदल गये। अब सारा मामला ही परहेज़ पर अटक गया है, ये खाओ, वो न खाओ और क्या खायें क्या न खायें वर्तमान समय के बड़े विमर्श हो चुके हैं।

अब पिता, और चाचा जी भी कब तक पेंशनर बीबी की कंजूसी से परेशान होकर फल वग़ैरह लाते। कई बार आदमी किसी की ज़िद पर खीज ही जाता है। सबकी अपनी-अपनी ज़िम्मेदारी और ख़र्चे बढ़ गये थे। उन्होंने बीबी को उनकी ज़िद और कंजूसी के साथ ही झेलने का मन बना लिया। फिर भी कभी-कभी लोक-लाज से डरते फल लाकर दे देते, क़ब्ज़ के लिए 'लीवर टानिक' ला रखते तो बीबी कह देतीं, ''भैया इसके पैसे ले लो जितने भी लगे हैं, तुम लोगों का अपना बहुत ख़र्चा है''। कहकर अपने कुर्ते की जेब से पैसे निकाल कर दे देतीं।

उनकी उम्र बढ़ रही थी, शरीर का वज़न बढ़ रहा था। ज़्यादा चलने फिरने की अब उन्हें आदत न थी, पानी वो बहुत कम पीतीं। खाना खाने की बाद जो पी लिया सो पी लिया आजकल की तरह कोई दस या बारह गिलास पानी पीने का टार्गेट बनाकर वो नहीं चलती थीं। ''पानी भी कोई पीने वाली चीज़ है, ऐसे ही आदमी अपना पेट फाड़ ले। जब ज़रूरत हो तो पानी पियो पानी से पेट भर लेने से थोड़े काम चलता है, भोजन के लिए भी तो जगह बचे।'' बीबी के अपने तर्क

थे और उनके तर्कों के सामने सबके सुझाव बेकार थे।

हर महीने पेंशन का उन्हें पूरा ध्यान रहता। पिता जी से पूछती रहती थीं कि सरकार कब पैसे बढ़ायेगी। हर महीने स्कूटर के पीछे बैठकर बैंक तक जातीं और अपनी पेंशन का बस तीसरा हिस्सा ही निकलवातीं।

"जब पूरा एक लाख हो जाये, साहब उसकी एफ़. डी. करवा देना, और वारिस के नाम में मेरे सब लड़कों का नाम डालना।" बैंक मैनेजर से कह देतीं। पिता जी साथ होते, उन्हें पहले-पहल ये बात बुरी लगती थी कि बीबी उनसे क्यों नहीं कहती, बड़ा अविश्वास उन्हें महसूस होता। पर धीरे-धीरे वो अपनी माँ के स्वभाव को समझने लगे थे, कुछ न बोलते।

परिवार में बच्चों और बुज़ुर्गों की ख़ूब बनती है, उनमें परस्पर प्यार और लेनदेन का अपना हिसाब किताब होता है। इस मामले में भी बीबी चूक गयी थीं, वे परिवार के बच्चों को भी त्यौहार या किसी अन्य मौक़े पर बड़ी कंजूसी से कुछ देतीं। हम बच्चे भी उनके नखरों और आदतों को देखते सुनते बड़े हुए थे, इस कारण हमारे मन में भी उन्हें लेकर एक दूरी बनी रही। इनकी कंजूसी पर कई बार बहुत ग़ुस्सा भी आता। इसलिए घर के बच्चे भी उन्हें लेकर स्वार्थी हो गये थे।

मुहल्ले में जितने मर्ज़ी फल बेचने वाले निकलें, पर वो कभी नहीं ख़रीदेंगी। इनके हिसाब से फलों के रेट अब बहुत ज़्यादा हैं। कहीं न कहीं उनके मन में चीज़ों की क़ीमतें बहुत पुरानी क़ीमतों पर ठहरी हुई हैं और वे उनके हिसाब से ही चीज़ों के महँगे-सस्ते होने का मापदंड तय करती हैं। अगर कोई फल या मिठाई दे गया तो उसे लेकर उनका मोह बच्चों वाला है। फिर चाहे कोई बच्चा हो या बड़ा, उससे छुपा के रखेंगी।

कई बार घर के सदस्य जानबूझकर पूछते "अब सारी घर ग्रहस्थी की ज़िम्मेदारी तो तुम निपटा चुकी हो, तो क्यों एफ़. डी. के चक्कर में पड़ी हो? खा पी लिया करो।"

"क्यों भाई तुम्हें क्या तकलीफ़ है ...और मेरे भी ख़र्चे हैं। दवा है, कोई आया-गया होता है तो शगुन भी देना पड़ता है। त्यौहार और कभी गाँव का मेला आता है ...तो सब बच्चे मेरी तरफ़ देखने लगते हैं। अभी पोते-पोतियों की शादियों में भी सोने की अंगूठियाँ, झुमके, कपड़ा वग़ैरह की ज़िम्मेदारी जो मेरी है

प्यार बिना चैन कहाँ

वो बिना पूरा किये कैसे काम चलेगा। पिछले साल जब बेटी के बच्चों की शादी में शगुन दिया था तो ये सब बहुएँ मेरी तरफ़ कैसे देख रही थीं। अब ये बिना लिये मानेंगी कहीं? .....और मैं तो ख़ुद ही देने को तैयार हूँ, इसीलिए जोड़ रही हूँ। मैं क्यों फ़ालतू ख़र्च करूँ भला। ....और अगर कल को मुझे कुछ हो जाये तो तुम लोगों पर क्यों भोज का ख़र्च पड़े ...आज कल मरे पर कौन कम ख़र्च होता है? चार पैसे जोड़ रही हूँ तो इसीलिए कि तुम लोगों को मुसीबत न हो'' बीबी सुना-सुनाकर कहतीं। उनकी इस दूर-दृष्टि पर कोई खीजता तो कोई मुस्कुराता।

बाबा जब तक ज़िन्दा रहे उन्होंने एक नया पैसा उसके हाथ पर न रखा। वे कहते- जो लेना है, कह दे। बाज़ार चलना है साथ चले, जो कहे वही दिलवा दूँगा पर पैसे नगद नहीं दूँगा। अब बाबा का अपना हिसाब-किताब, वे भी पूरे अक्खड़ थे, जो कह दिया सो कह दिया।

बीबी बताया करती हैं कि अपने बाप को उन्होंने अक्सर अपनी शादी एक बेहाल घर में करने के लिए कोसा। बीबी के पिता दुखी होते और कह देते कि बेटी जिसका जहाँ संजोग बना होता है, वहीं बँध जाता है। हम-तुम करने वाले कौन हैं? सब दाता की मर्ज़ी।

असल में एक खाते-पीते घर की लड़की की शादी एक बेहाल, अव्यवस्थित घर में हो जाये तो हैरानी तो होती है। पर ये पुराने ज़माने के क़िस्से ऐसे ही थे शायद। कोई रिश्तेदार लड़का लड़की के बारे में बात करता और एक रुपया शगुन का ले-देकर बिना देखे रिश्ते हो जाया करते, विश्वास और इज़्ज़त का बड़ा नाम था उस ज़माने में।

बाबा का घर बेहाल था, उनके पटवारी पिता की मृत्यु बहुत पहले हो चुकी थी। पुरखों की बड़ी हवेली थी। पिता पटवारी थे और कईयों के पुरोहित भी, इसलिए जायदाद भी अच्छी बनायी थीं। जायदाद उड़ाने में भी उन्होंने उतनी ही तत्परता दिखायी। खाने-पीने के शौक़ीन थे, पुरखों की बनाई ज़मीन ऐश-परस्ती में उड़ा दी। बाबा अभी चार साल के थे तो पिता के जाने के बाद घर अव्यवस्थित हो गया, उनकी माँ सदमे में थीं इसलिए ज़्यादा काम धाम नहीं करती थीं। मिठाई खाने की शौक़ीन थीं, मिट्टी के सकोरे में छुपाकर रखतीं। जिन घरों के पुरोहित थे उन्होंने सब राशन-पानी का इंतिज़ाम किया। अड़ोस-पड़ोस की स्त्रियाँ थोड़ा बहुत बुहार सँवार जातीं। धीरे-धीरे हवेली मकड़ी के जालों, धूल और गर्द से

भर गयीं। धीरे-धीरे बाबा बड़े हो गये, एक रिश्तेदार ने एक सरकारी महकमें में नौकरी लगवा दी। अब लड़का नौकर था, बड़ा घर था चाहे बिगड़ा हुआ था, माँ आधी पागल थीं। ऐसे समय में रिश्तेदारों ने सोचा कि अगर एक सुशील कन्या आ जाये तो क्या पता घर को दुबारा भाग लग जाये। बाबा का मुलाज़िम होना और उनके पास बड़ी हवेली या घर होना एक बड़ी बात थी उन दिनों के लिए। इसी बात के स्तर पर बाबा के ताऊ जी ने उनका घर बसाने में मदद की। उनका रिश्ता तय हुआ और बीबी इस घर में ब्याह कर आयीं।

बीबी के आने पर बाबा थोड़ा सहज हो गये। घर में चूल्हा जला, सफ़ाई हुई और एक व्यवस्था चल पड़ी। बीबी की सास को व्यवस्था में रहने की आदत नहीं थी और बीबी को व्यवस्था में रहने की आदत थी। यही बात दोनों के बीच अक्सर झगड़े का कारण बनती। बीबी की सास अक्सर आने-जाने वालों से शिकायत करतीं कि जबसे ये आयी है मेरा लड़का मुझसे छीन लिया है। वो सुबह का चाय पानी पीकर बाहर गाँव में चली जातीं। यजमानों के घर घूमती रहती, वहीं चाय-पानी और भोजन वग़ैरह खा पी लिया करतीं।

बीबी बताती हैं कि उनकी सास जाते-जाते घर के दरवाज़े के बाहर चूल्हे की राख बिछा देतीं, ताकि अगर कोई घर से बाहर जाये या अंदर आये तो उसके पैरों के निशान राख पर छप जायें और शाम को वो घर लौटकर झगड़े का कोई कारण ढूँढ़ सकें, बाबा को भड़का सकें।

बीबी बताती हैं कि उन दिनों बाबा के ताऊ जी दो या तीन दिन बाद घर का चक्कर लगाते थे। घर के अंदर कभी न आते, घर के बाहर पड़ी चारपाई पर बैठ जाते और आवाज़ लगाकर घर का हाल-चाल पूछ लेते। किसी चीज़ की कोई ज़रूरत हो तो बताने को कहते। बीबी से वो चाय या लस्सी कहकर माँग लेते थे, लस्सी में शक्कर घोलकर पीते थे। बीबी बताती हैं कि उन्होंने कभी ताऊ जी कि शक्ल नहीं देखी थी, दो हाथ का घूँघट निकालने का रिवाज़ जो था।

बाबा के हिस्से की ज़मीन पर भी ताऊ और उनके बेटे खेती करते थे और हर साल फ़सल में से हिस्सा दे दिया करते। एक गाय बीबी के पिता जी छोड़ गये थे। बाबा जब भी शाम को अपनी सरकारी नौकरी से लौटते, आते हुए अपनी साइकिल पर हरे चारे का गट्ठर लाद लाते, पर चारे को बारीक काटने से लेकर गाय को दुहने तक का काम बीबी करतीं। क्योंकि शाम को बीबी की सास भी

लौट आती थीं और उसके सामने अगर बाबा बीबी का हाथ भी बँटाना चाहते तो वो टोक देतीं और कहतीं कि इसे ख़ुद सारा काम करने दें वरना लोग बाग़ कहेंगे कि जोरू का ग़ुलाम बन गया है। बीबी की सास यानी हमारी पड़दादी एक दकियानूसी समाज की परम्परावादी बुढ़िया थी।

ख़ैर समय बीतता रहा। हर दो साल बाद परिवार में एक नया सदस्य आता गया, कुल पाँच बच्चे हुए बीबी को, जिनमें से एक बच्चे की नमूनिया से मौत हो गयी। उन दिनों इलाज के इतने अच्छे साधन या डॉक्टर नहीं थे न ही परिवार में देखभाल करने की अक्ल। बच्चे गिरते-पड़ते ख़ुद ही सँभले तो ठीक वरना उनकी क़िस्मत। बच्चे पैदा करने में कोई कंजूसी न दिखायी जाती। परिवारों में यह सोच हावी थी कि जितने ज़्यादा बच्चे होंगे उतना ही घर और खेत के कामों में सुभीता होगा, कमाने वाले ज़्यादा होंगे। भरे पूरे परिवार का मतलब यही था कि रहने खाने की कोई श्रेष्ठ व्यवस्था हो या न हो पर जब कोई पूछे कि परिवार में कितने बच्चे हैं तो आप सीना तानकर ये कह सकें कि अच्छी ख़ासी गिनती है जी। गाँवों में तो ये शायद मर्दानगी का बड़ा सबूत भी था, और बच्चों को ज़्यादा पढ़ने-लिखने या उन पर ज़्यादा ख़र्च करने का भी कोई प्रचलन नहीं था। गाँव के हर वर्ग और जाति में यही सब चल रहा था, शिक्षा और परिवार नियोजन वाली क्रांति तो अब भी बीस प्रतिशत लोगों पर काम कर रही है।

बीबी बताती हैं कि बच्चों के बड़े होने से कुछ सहारा-सा हो गया। अब घर अकेलापन नहीं था। बाबा भी बच्चों के प्रति अपना थोड़ा बहुत फ़र्ज़ निभाने लगे। बीबी की सास के मरने के बाद अड़ोस-पड़ोस की स्त्रियाँ भी सारी दोपहर घर के आँगन में रौनक़ बनाये रखतीं। घर का आँगन खुला-डुला था इसलिए दरी बुनने, चरखा कातने और सूत रंगने का काम इकट्ठे बैठकर किया करतीं। चरखे की मद्धिम घूँ घूँ का अनोखा-सा संगीत वहाँ फैला रहता।

"अपने मुहल्ले की सभी लड़कियों की शादी में दी जाने वाली लगभग सभी दरियाँ अपने घर में बुनी गयीं। हाथकरघा लगा होता और वो बातें करती दरिया बुनती रहती। सिरहानों के गिलाफ, बिस्तर की सूती चादरों पर रंगीन धागों से लड़कियाँ सुंदर कढ़ाई करतीं। पहले ये सब लड़कियाँ एक-दूसरे से देखकर या अपनी माँ से सीखती थीं, ये सब लड़कियों के लिए ज़रूरी था। आजकल तो सब बाज़ार जाती हैं, जितना मन करे अपनी मर्ज़ी का उठा लाती हैं; पहले ऐसी मौज नहीं थी।" अपने कमरे की चारपाई पर बैठी वो अपने अतीत को याद करती

हुई हमें बताया करती। मोटे शीशे वाले चश्मे के पीछे दिखती उनकी आँखें जैसे कई दृश्य हमारे सामने लाकर रख देती। हम अपने मोबाइल में खोये हूँ हूँ करते रहते। ये ज़रूरी था अगर हम हूँ हूँ न करते तो वो बातें सुनना बंद कर देती और कहतीं ''निकम्मों मेरी बात का कोई हुँकारा तो तुम लोग भरते नहीं, मैं पागलों की तरह बोलती जा रही हूँ।'' हम माफ़ी माँगते हुए बात सुनने की मिन्नत करते पर फिर वो न बोलती और फिर अगले दिन बात शुरू करतीं।

हम सब बच्चों ने बचपन से उनकी अनेकों बातें, कहानियाँ ऐसे ही सुनी हैं, इनमें हूँ-हूँ करना एक अहम शर्त थी। जब हम छोटे थे तो अक्सर सोने से पहले खा-पीकर बीबी के बिस्तर पर जाकर उनके साथ लेट जाते। वे कहानियाँ सुनातीं।

चिड़िया, कौआ, राजा-रानी, जादूगर, परी के अनेक क़िस्से। बीबी पढ़ी-लिखी नहीं थीं पर फिर भी उनके पास पहेलियों और कहानियों का ख़ज़ाना था, हम हैरान होते उनके इस संग्रह पर। जाने कहाँ-कहाँ से उन्होंने इतनी कहानियाँ जुटाई थीं, वे एक के बाद एक सुनाया करतीं, कभी न थकतीं। हम सुनते-सुनते सो जाते तो कई बार वो हिला कर पूछतीं, ''अरे तुम लोग सो गये न? हूँ ना हाँ करते हो। जाओ अब भागो अपने बिस्तरों पर।''

हम इंकार करते कि नहीं सोये ताकि कहानी चलती रहे पर नींद हमें हरा देती। कई बार सुबह आँख खुलती तो सोचते की हम बीबी के बिस्तर से उठकर यहाँ अपने बिस्तर पर कब आये। असल में माँ या पिताजी कई बार हमें सोने पर गोद में ही उठा लाते या हम ख़ुद आधी नींद में मन के साथ उठकर आते और सुबह कुछ न याद न रहता। और अब हालत ऐसे हैं कि अपनी ज़िन्दगी में इतने व्यस्त हो गये हैं कि कई बार बीबी का हाल-चाल भी नहीं पूछा जाता। उनके पास दो घड़ी बैठकर उनकी बातें नहीं सुनी जातीं। अब बच्चे भी अपनी आदतें बदल चुके हैं। बीबी के क़िस्सों की जगह अब मोबाइल गेम्स और टी.वी. कार्टून्स ने ले ली है।

बीबी की नज़र अब धीरे-धीरे कमज़ोर हो गयी है, उनका शरीर कमज़ोर हो गया है। कई बार बैठे-बैठे लुढ़क जाती हैं। पूछो कि क्या हुआ तो कहेंगी-

''जाने कौन मुझे धक्का दे जाता है।''

उनकी हालत धीरे-धीरे बिगड़ रही है। पुरानी स्मृतियाँ सब याद हैं, नया

भूल जाती हैं। मिलने कोई आयेगा तो उसे बतायेंगी कोई और। हैरानी की बात ये है कि इस हालत में भी पेंशन, पैसे और ख़र्च का पूरा हिसाब अब भी सही बताती हैं।

ख़ैर समय बीत रहा है। बीबी का शरीर लगातार कमज़ोर पड़ रहा है। आजकल उन्हें अकेले रहना अच्छा नहीं लगता, सारा दिन पड़े-पड़े वे ऊब जाती हैं। लगता है जैसे वे बहुत-सी बातें और अनगिनत क़िस्से सुनना चाहती हैं। कई बार जब सब घरवाले फ़ुर्सत में उनके पास इकट्ठे हो जाते हैं और कोई पुरानी बात छेड़ते हैं तो वे न जाने कितनी ही नयी बातें सुनाया करती हैं। नये पात्र, उनको लेकर उनका रोष, प्यार और भावनाएँ ख़ासकर वो अपने पिता को कोसना नहीं भूलतीं। बहुओं को कोस भी देती हैं और उनकी फ़िक्र भी करती हैं। अपने पैसे को लेकर वे आज भी परेशान हो जाती हैं। उनकी बातों, लोप होती स्मृतियों और उनकी झुर्रियों में खोती चेतना सब को एक निश्चित समय के लिए तैयार कर चुकी हैं।

सब बीबी को लेकर तटस्थ हैं। सबको कभी भी कुछ भी हो जाने की एक प्रतीक्षा है।

13

बोलना मना है

"दर्शन जाओ, सभी अध्यापकों को तुरंत दफ़्तर आने को कहो।"

दर्शन चपरासी को आदेश देते हुए हेडमास्टर साहब बोले।

सुबह के साढ़े नौ बज चुके थे और अभी-अभी प्रार्थना सभा समाप्त हुई थी। तभी एक फ़ोन सुनकर उनका रहा-सहा मूड बदल गया। दफ़्तर में परेशान अपना सर पकड़ कर बैठ गये थे। उन्होंने सेवादार को भेजकर सभी कुल जमा पाँच अध्यापकों को दफ़्तर में मीटिंग के लिए बुलावा भेजा।

आज सुबह सब कितने आराम से अपने-अपने कामों में व्यस्त थे। धूप अच्छी खिली हुई थी, हफ़्ते का पहला दिन था। यूँ तो छुट्टी के बाद बच्चे थोड़ा सुस्त होते हैं पर आज प्रार्थना सभा बड़ी अच्छी हुई। बच्चों ने क़ायदे से समाचार पत्र की न्यूज़, आज का विचार, सामान्य ज्ञान के प्रश्न पूछे थे और उनका उत्तर भी दिया था। राष्ट्र गान के समय भी बच्चों की आवाज़ ऊँची रही। आज तो लम्बे समय से अनुपस्थित रहने वाले बच्चे भी हाज़िर थे। इस सरकारी स्कूल की कम होती गिनती के बावजूद भी स्कूल भरा-भरा लग रहा था। हेडमास्टर साहब और सभी अध्यापक भी इस शुभारम्भ से गदगद थे।

चपरासी द्वारा भेजे संदेश पर सभी अध्यापक दफ़्तर में उपस्थित हो गये। "आज तो सर अपने बच्चे पूरे जोश में लग रहे हैं, आपके अनुशासन वाले नियम वाक़ई रंग दिखा रहे है।" एक अध्यापक ने हेडमास्टर को मस्का लगते हुए कहा; बाक़ी भी सर हिला रहे थे।

"अरे नहीं वर्मा जी, अकेला चना क्या भाड़ फोड़ेगा, आप सब अध्यापकों के सहयोग का ही फल है, बाक़ी शिक्षा विभाग की नयी नीतियाँ तो हैं ही। हम तो बस लागू करने का प्रयास कर लेते हैं, उसी से सब सुधार हो पा रहे हैं।" हेडमास्टर साहब ने मन ही मन अपने असमंजस को सँभालते हुए कहा।

"आप सभी को ये बताने के लिए बुलाया है कि अधिकारी गण कभी भी

निरिक्षण हेतु आज पहुँच सकते हैं, अपने काग़ज़ी रिकॉर्ड को मेंटेन रखिये। काग़ज़ पर सब सही होना चाहिए, रजिस्टर वग़ैरह पूरे कर लीजिये। बाक़ी बच्चों से कह दीजिये कि कक्षाओं में आकर कुछ पूछें तो घबरायें नहीं, जो आता है बता दें। आप सब अपनी कक्षा के होशियार बच्चों को हर प्रश्न पर हाथ खड़ा करने के लिए समझा दें।

"हाँ! हाँ! बिल्कुल सर, हम जल्द ही सब मैनेज करते हैं।" सभी अध्यापक शीघ्रता से अपने काम में लग गये।

सुबह के पहले घंटे में अभी सब ठीक ठाक चल रहा था। फिर हेडमास्टर साहब को संदेश मिला था कि जिलाधिकारी औचक निरिक्षण के लिए पहुँच रहे हैं, सब तैयारी रखिये, बस पूरा परिदृश्य बदल गया। अचानक स्कूल के गेट पर एक लम्बी सफ़ेद, चमचमाती गाड़ी आकर रुकी, चपरासी ने दरवाज़ा खोला और मोबाइल से फटाफट हेडमास्टर को सूचित किया कि बड़े अफ़सर पहुँच चुके हैं। सारे स्कूल में ये ख़बर जंगल की आग की तरह फैल गयी।

हेडमास्टर साहब दौड़कर दफ़्तर से बाहर निकले। चपरासी और क्लर्क को कुछ ताकीद की तथा कार से निकले अफ़सर की तरफ़ हाथ जोड़े विनय प्रार्थना की मुद्रा में बढ़ गये।

ऑफ़िसर जिला शिक्षा अधिकारी था, मोटा-ताज़ा तंदरुस्त। उसके पीछे-पीछे क्लर्क-नुमा दो और आदमी डायरी पकड़े कार से बाहर निकले। हेडमास्टर साहब ने उन्हें दफ़्तर की और चलने को कहा पर उन्होंने स्कूल के चारों तरफ़ देखते हुए मुआयना-सा किया और स्कूल में बने शौचालयों की ओर बढ़ गये। हेडमास्टर को लगा साहब को लघुशंका की पुकार हुई है इसलिए वे भी उनके पीछे-पीछे उसी दिशा में चल पड़े।

"शौचालय वग़ैरह की नियमित सफ़ाई हो रही है हेडमास्टर साहब?" अफ़सर ने अचानक चलते-चलते पूछा।

"जी सर, नियमित रूप से, वैसे तो सफ़ाई कर्मी की पोस्ट ख़ाली है पर हमने एक आदमी स्कूल फ़ंड से रखा है, वही सुबह शाम सफ़ाई करता है।"

"अच्छी बात है और ये पोस्ट तो बहुत से स्कूलों में ख़ाली है पर फिर भी हमारे मेहनती अध्यापकों ने ख़ुद ही सब मैनेज कर रखा है, गाँधी जी के पद-चिह्नों पर चल रहे हैं सब। ....और ये बाहरी मैदान सारा कच्चा है, इस पर

घास वग़ैरह लगवाइये, ज़रा अच्छा लगेगा। और आप जानते नहीं कि पूरे देश में 'स्वच्छता अभियान' चल रहा है, अफ़सरों पर इतना प्रेशर है इसे लागू करने का। आप भी अपनी रिपोर्ट बनाकर रखिये और स्वच्छता कार्यक्रमों सम्बंधी सभी फ़ोटो और करवाये प्रोग्राम का रिकॉर्ड बनाइये। समय-समय पर सोशल मीडिया और समाचार-पत्रों में भेजते रहा कीजिये, पत्रकारों को थोड़ा सम्मान दीजिये मतलब जो भी सप्लीमेंट का इश्तेहार वग़ैरह .....फिर देखिये धड़ाधड़ समाचार छापेंगे ...।''

''जी सर...... जी सर। सब अध्यापक अपने वेतन से ही कुछ न कुछ अंशदान करके सब मैंनेज करवा रहे हैं ...आपको तो पता ही है कि सब पत्रकार भी कहाँ दूध के धुले हैं, अभी साथ के गाँव वाले स्कूल से ऐसे ही अध्यापकों को मिड-डे मील में हेरा-फेरी के नाम पर धमकाकर पैसे ऐंठ लिये गये। बाक़ी हम अपने स्कूल की हर एक्टिविटी को अध्यापकों को ज़िला विभाग के 'व्हाट्स एप' ग्रुप में शेयर करते रहते हैं, पिछले महीने राज्य स्तरीय चित्रकारी प्रतियोगिता में हमारे स्कूल के बच्चे के चित्र पर सचिव साहब ने प्रशंसा पत्र भेजा था। बाक़ी रही ये मैदान की बात तो बस वो पिछले दो सालों से पेड़ पौधों को सँभालने लगाने वाली ग्रांट आयी नहीं है,पर हम इसके लिए योजना बना चुके हैं, जल्द ही काम हो जायेगा।'' हेडमास्टर ने हिचकते हुए अपना पक्ष रखा।

''बढ़िया है ....ग्रांट वही यूज़ कीजिये जो आपको स्कूल के मेंटिनेंस के लिए हर महीने फीस फ़ंड आदि से जमा होती है, कोई बहाना नहीं चलेगा अब। हर महीने रिपोर्ट भेजनी पड़ती है हमें भी, आज भी देखिये कहाँ हैं इसकी गूगल लोकेशन हेड ऑफ़िस के साथ शेयर करनी पड़ती है'' अफ़सर अपनी हाँक रहा था।

''जी अब ये मोबाइल और इंटरनेट से बड़ा विजिलेंस है ही क्या? अब तो चौबीस घंटे निगरानी में रहते हैं।

एक क्लास में शायद मुहावरे पढ़ाये जा रहे थे, उधर से ही आवाज़ आयी, ''पास में नहीं दाने, अम्मा चली भुनाने।''

इसी बीच अफ़सर लघु-शंका निवारण और शौचालयों का निरीक्षण करने के लिए व्यस्त हुए।

हेडमास्टर साहब ने क्लर्क से मोबाइल पर व्यवस्था की जानकारी ली,

"देखो आज थोड़ा मिज़ाज बिगड़ा हुआ हो सकता है, तुम समोसे के साथ पाव भर खोये वाली बर्फ़ी भी मँगवा लेना और हाँ... चाय में इलायची ज़रूर डलवा लेना, ठीक है रखता हूँ। तैयार रहो, दफ़्तर की तरफ़ एक दो मिनट में आ रहे हैं।"

अफ़सर ने मैदान में गिर रहे पत्तों के बारे में शिकायत की जो पतझड़ के मौसम के कारण चारों ओर बिखरे थे। स्कूल में पेड़ों की संख्या बहुत थी, जिनकी हरियाली के कारण अभी पिछली बार इसी अफ़सर ने स्कूल के माहौल को शांतिनिकेतन की उपाधि दी थी, ये अलग बात है कि वो मौसम पतझड़ का नहीं था। फिर ऑफ़िसर लाइब्रेरी में गया जिसे स्कूल के हर फ़ंक्शन में बड़े हॉल की तरह प्रयोग कर लिया जाता था, वहाँ एक दिन पहले ही विज्ञान प्रदर्शनी लगवायी गयी थी, इस कारण सामान और मेज़ कुर्सियों की व्यवस्था थोड़ी बिगड़ी हुई थी। अफ़सर ये देखकर नाराज़ हुआ।

हेडमास्टर साहब ने प्रदर्शनी वाली बात बतायी पर अफसर बोले, "देखिये जिस दिन सचिव साहब ये देखेंगे, वे एक न सुनेंगे। आपको पता नहीं है कि जब हमें उनके साथ मीटिंग में बुलाया जाता है तो किस प्रकार की बातें सुननी पड़ती है।"

पूरे राज्य में नये आये सचिव साहब सरकारी स्कूलों की काया पलट करना चाहते थे, फ़र्क़ पड़ भी रहा था। वरना एक समय सरकारी स्कूल इस तरह बदनाम थे कि अध्यापक स्कूल में ख़ुद आता नहीं था, अपनी जगह दो तीन हज़ार में किसी और को स्कूल में भेज देता। कई अध्यापक दारू पीकर स्कूल के किसी कोने में खटिया डाले सोये रहते। पर इन जैसों अध्यापकों की गिनती थी बहुत थोड़ी, पर बदनामी पूरे महकमें की हो रही थी। इसलिए जब सख़्ती का डंडा चला तो सब पिसने लगे।

यूनियन और राजनीतिक पहुँच के चलते पहले इन निकम्मे अध्यापकों की मर्ज़ी चलती थी, सब कार्यवाही करने से डरते थे। ख़ैर समय बदला, नया शिक्षा सचिव एक ऐसे आदमी को बना दिया गया जिस पर सुधारवाद बहुत ज़्यादा सवार था, सभी महकमे और मंत्री उसके इस रवैये से बहुत परेशान थे; अफ़सरों की लाबी भी उसके साथ द्वेष रखती थी। ऐसे समय में उसे जानबूझ के शिक्षा विभाग दे दिया गया। अध्यापक वैसे ही हर सरकार के लिए एक बड़ी चुनौती रहते हैं, इसमें मास्टरों की यूनियन ने हमेशा एक अच्छे विपक्ष की भी भूमिका

निभायी थी।

शिक्षा व्यवस्था और सरकारी स्कूलों के गिरते स्तर को लेकर आये दिन समाचार पत्रों में लानत-मलामत होती रहती थी। सरकार के दिमाग़ में एक प्लान आया। लोहे से लोहे को काटने वाली बात पर अमल करते हुए सरकार ने मास्टरों को काम लगाने और ईमानदार अफ़सर के सुधारवाद को आपस में भिड़वा दिया। सुधारवादी अफ़सर को राज्य का शिक्षा सचिव बना दिया गया, सचिव ने भी आते ही धर पकड़, कार्यवाही, टर्मिनेशन, औचक निरीक्षण और कारण बताओ नोटिस के हथकंडे दिखा दिये। ख़ूब धरने प्रदर्शन हुए पर लोगों का समर्थन और नेता जी की खुली छूट सचिव साहब के साथ थी, जनता के दिल में सचिव की सुधारवादी लहर पैठ गयी थी। सरकारी स्कूलों के लचर प्रदर्शन से ज़्यादा कई लोग अध्यापकों को मिलने वाले बढ़िया वेतन से भी दुखी थे।

धीरे-धीरे सचिव का आतंक पूरी तरह शिक्षा विभाग के अध्यापकों पर छा गया। मास्टर टाइम से स्कूल आते, टाइम पर स्कूल से जाते, क़ायदे से छुट्टी लेते। नये-नये साधन और शिक्षण ट्रेनिंग के द्वारा स्कूलों में पढ़ाई और व्यवस्था के स्तर को सुधारा जाने लगा। सरकार ने अपना काम करना ही था। राज्य की बजट व्यवस्था ख़राब हुई तो सरकार ने बहुत-सी सुविधाओं पर कट लगाना शुरू कर दिया। ग्रांट, डी. ए. की किश्तें बन्द कर दीं। ठेका आधारित नौकरी के विज्ञापन दिये जाने लगे, स्कूल में अध्यापकों के पदों को हटाया जाने लगा। कहीं-कहीं एक अध्यापक को भी दो स्कूलों में पढ़ाने जाना पड़ा। अब अध्यापक केवल अध्यापक नहीं था, वो क्लर्क, डाटा ओपरेटर और हर समय एक नये आदेश पर एक नयी ज़िम्मेदारी के बोझ तले दबने को तैयार रहते।

हेडमास्टरों को दो या तीन से अधिक स्कूलों की ज़िम्मेवारी दी जाने लगी। सचिव पर नये-नये कार्यक्रमों और योजनाएँ का प्रभाव छाने लगा। उसका फ़ोन चौबीस घण्टे आन रहता, उसके नीचे काम करने वालों को भी ऐसा करना पड़ा। पहले जो पावर बढ़िया लग रही थी वहीं अब निचले अफ़सरों प्रिंसिपलों और हेडमास्टरों में हाई बी.पी., शुगर, हाइपर टेंशन और अम्लपित्त का कारण बनने लगी। अफ़सरों को नींद में भी या तो सचिव दिखता या उसके फ़ोन की घण्टी मोबाइल पर सुनायी देती। वे हड़बड़ाकर उठ बैठते, और फिर सो न पाते; नींद की गोलियाँ भी है बेअसर रहतीं।

इस पूरे माहौल में सभी कर्मचारियों और अफ़सरों ने फिर एक बार एक-दूसरे के दुख को समझा और वे आपस में एक-दूसरे को ले देके एडजस्ट करने लगे। उनमें समझौता हो गया कि न तुम आगे बात बढ़ाओ न हम यूनियन में तुम्हारा जुलूस निकालें। पर सचिव के सुधारवादी सनक के चलते और सरकार की हर जगह कंजूसी ने एक नयी समस्या खड़ी कर दी, ये समस्या थी स्कूलों के सौंदर्यीकरण की।

बड़े स्कूलों ने प्रशंसा के चक्कर में स्कूल की बिल्डिंग को सुंदर रंग रोगन करवा दिया। दीवारों पर सुंदर विचार लिखवा दिये, फर्नीचर वग़ैरह बदल दिया। सरकार ने इस काम के लिए फ़ंड दिया पर इतना जितने में बस रंग ख़रीदा जा सके, पुताई का काम और बाक़ी समान ख़रीदने का काम ख़ुद ही करना था। बड़े स्कूलों या शहर के निकट लगते सरकारी स्कूलों ने तो दानी सज्जनों से गुहार लगायी या फिर किसी अध्यापक की रिटायरमेंट, वैवाहिक वर्षगाठ और साझा फ़ंड जुटाकर अपना पिंड छुड़ाया।

दिक़्क़त थी गाँव देहात के स्कूलों कीजहाँ दानी कम थे, पढ़ाने वाले भी ज़्यादातर ठेका आधारित नौकरी में थे, पक्के थे तो उनका अपने घर का गुज़ारा ही बस ठीक ठाक चल रहा था। इनमें से एक ऐसा वर्ग था जो कहता कि आख़िर सरकारी काम के लिए हम पैसा क्यों दें? सरकार तो हमारी पेंशन योजना भी खा गयी, डी. ए. की किश्त भी पिछले दो सालों से नहीं दे रही। ऊपर से आठ दस हज़ार महीना पर तीन साल तक अनुबंध, हम क्यों पैसा दें और किस अहसान का दें? इस पूरे वातावरण में आज इस स्कूल के हेडमास्टर भी किसी न किसी तरह चाहते थे कि अफ़सर ठीक-ठाक रिपोर्ट लिखकर चला जाये। स्कूल की सफ़ाई और रंगाई-पुताई सम्बंधी अफ़सर ने काफ़ी कुछ हेडमास्टर साहब को कहा। दफ़्तर में सभी अध्यापकों को बुलाया और उनके रिज़ल्ट की समीक्षा की, उन्हें सौ प्रतिशत रिज़ल्ट के टारगेट का सचिब साहब का अभियान सुनाया।

"देखिये स्कूल के लिए दान देना तो पुण्य का काम है, हमें कितनी बढ़िया नौकरी मिली है और सेवा का मौक़ा। इसलिए अपने स्कूल को अपना घर समझकर इस पर अपना अंशदान दीजिये, दानी सज्जनों से सम्पर्क करिये।"

अध्यापक चुपचाप अफ़सर का प्रवचन सिर हिलाते सुनते रहे और और मन ही मन गालियाँ बकते रहे।

आख़िरकार समोसे और खोये की बर्फ़ी से अफ़सर और उसके साथ आये आदमियों के मन और पेट शांत हुआ। हेडमास्टर साहब को उन्हीं के एक साथी ने एक अन्य स्कूल से फ़ोन करके बता दिया था कि अफ़सर सचिव की बातों के कारण कुछ परेशान रहते है इसलिए इनका बुरा मत मानना। अच्छा नाश्ता और फ़र्स्ट क्लास चाय ही इनका एकमात्र उपाय है, वो कर लेना। और अगर इतने से काम बन रहा हो तो क्यों ''आं बैल मुझे मार'' कहना है।

हेडमास्टर साहब ने यही किया। अफ़सर थोड़ा मुस्कराया, खा पीकर फिर प्रवचन शुरू किया, ''देखिये आप सबको पता है कि हम सब किन हालातों में काम कर रहे हैं। नौकरी करना भी अब सज़ा बन गयी है। मैं ख़ुद कभी प्रिंसपल था इसलिए मुझे भी ज़मीनी हक़ीक़त पता है। अध्यापक भी बेचारे क्या करे, सभी को अपना गुज़ारा किसी न किसी तरह करना है। पर यदि हम थोड़ी-बहुत कोशिश करते रहें तो बहुत कुछ हो सकता है। सेवा ही प्रगति का मूल है, आप लोग भी किसी न किसी तरह थोड़ा बहुत फ़ंड जुटायें। सौ-दो सौ गाँव वालों के घर हैं, उनके घर जाकर उन्हें दान के लिए प्रेरित करें, धन जुटायें, और कोई चारा नहीं। बिल्डिंग और छात्र चमकने चाहिए, मैं रिपोर्ट में कोई अनुचित टिप्पणी नहीं लिख रहा। बस मेरे लिए इतनी-सी परेशानी उठाकर अपने स्कूल को सुंदर बनायें। अगले महीने जब यहाँ दोबारा आऊँगा तो उम्मीद है कि आप बहुत कुछ बदल देंगें।''

अफ़सर ने इस परामर्श के बाद फूले हुए पेट और बड़ी डकार के साथ विदा ली। निरिक्षण वाली गाड़ी फूलते हुए तन और मन के साथ धुल उड़ाती हुई दूर ओझल हो गयी। हेडमास्टर साहब अपने दफ़्तर में लौट आये और कुछ सोचने के बाद सभी अध्यापकों को बुलावा भेजा।

''साथियों हमें मालूम है कि चुनौतियाँ हैं और बहुत मुश्किल हैं। हम आज तक अपने तबादले के लिए भी बड़ी रकम चुकाते आये हैं, सौभाग्य से अपने घरों के नज़दीक नौकरी कर रहे हैं। यूनियन को भी फ़ंड देते रहे हैं। हम सबके दुख साझा हैं और आज समय की माँग है कि हम एक बार फिर अपनी एकता बनाये रखें। यूनियन वाले भी इसी पक्ष में हैं। अब समझदारी नहीं दिखायी तो घर से दूर तबादले, डेपुटेशन, कारण बताओ नोटिस और ज़माने भर की टेंशन और फिर डॉक्टरों और दवाइयों के बड़े बिल, इससे अच्छा है कि हम अपने या अपनी-जान पहचान वालों से चंदा इक्कट्ठा करें और जो थोड़ा बहुत मेकअप विभाग हमसे

चाहता है वो हम अपनी संस्था का कर लें। इसी में हमारा भला है, बचाव है और बचाव ही सबसे बड़ी सुरक्षा है। सुरक्षित रहें, जीवन का आनन्द उठाये।"

अध्यापकों को लगा हेडमास्टर साहब उन्हें हर तरफ़ से घेर चुके हैं और ख़ुद भी घिरे हुए हैं। इसलिए अभी समय यही कह रहा है कि बोलना मना है। सभी अध्यापकों ने एक-दूसरे की तरफ़ देखा और सहमति में सिर हिलाकर अपनी अपनी क्लास के लिए विदा ली।

अब सबकुछ सुचारू रूप से चल रहा था। पूरे माहौल में चुप्पियाँ तनी हुई थीं।

14
हजारों ख़्वाहिशें ऐसी...!

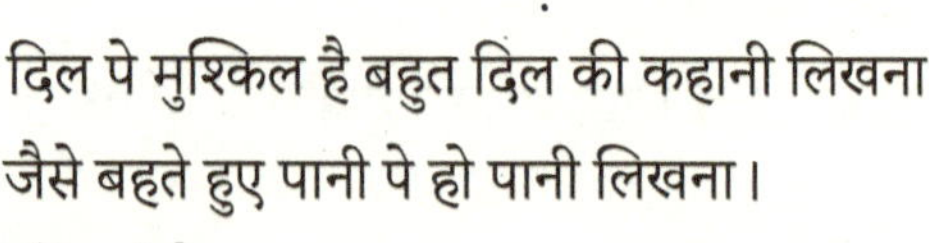

दिल पे मुश्किल है बहुत दिल की कहानी लिखना

जैसे बहते हुए पानी पे हो पानी लिखना।

-कुँवर बेचैन

शाम पूरी तरह रात के अँधेरे में लिपट चुकी है। किताब-बाज़ार में अब भी चहल-पहल के कुछ अवशेष बाक़ी हैं। मैं रात का खाना खाकर टहलता हुआ उसकी दुकान की तरफ़ चक्कर लगाने आ गया हूँ। इस वक़्त उसे कुछ फ़ुर्सत भी होगी। कई बार उसका फ़ोन आया है पर जा नहीं पाया, वैसे भी कई दिन हो गये हैं अपने उस मित्र को मिले जो एक सफल दुकानदार होते हुए भी लेखक होने की जद्दोजहद कर रहा है। वास्तव में वो लेखक ही तो है।

बाज़ार के भीड़-भाड़ भरे इलाक़े की चहलपहल के बीच हर क़िस्म की किताब और पत्रिका अगर मिलती है तो इस दुकान की बड़ी चर्चा है। हर उम्र का आदमी आपको इस दुकान पर अपनी फ़रमाइश तलाशता मिल जाता है और वो भी इस भरोसे से कि किताब अगर न भी मिली तो दो-तीन दिन के भीतर मँगवा दी जायेगी।

किताब-बाज़ार की ये एक ऐसी दुकान है जहाँ हर वो किताब मिलती है जिसकी ज़रूरत हर किताब ख़रीदने वाले को है। सब ख़रीददार इस बात के क़ायल हैं कि हमें अपने लिए अपने स्कूल जाते, कोर्स करते बच्चों के लिए उनकी ज़रूरत की हर किताब यहाँ से हर हाल में मिल जायेगी वरना ऑर्डर पर अगले ही दिन मँगवा दी जायेगी। हर नौजवान भी यही सोचता है फिर चाहे वो विज्ञान का विद्यार्थी हो, साहित्य का या कोई प्रेमी जिसे शेरो-शायरी की किताब चाहिए। दुकान की एक तरफ़ तमाम मैगज़ीन, और कुछ नयी किताबें एक लकड़ी के रैक में क़रीने से सजाई गयी हैं।

हर पेशे और शौक़ की किताब का इससे उचित ठिकाना दूर-दूर तक नहीं

था। ऐसा लगता था जैसे इसके मालिक को किताबों की ख़ुशबू से बहुत प्यार था। इस बड़ी दुकान के बाहर खड़ा होकर मैं देखता हूँ कि लंबे काउंटर के पीछे दायें बायें दोनों भाई ग्राहकों में व्यस्त हैं। बायें वाले को मिलने आया हूँ और दायें वाले से बस हाथ मिलाकर औपचारिकता निभाने। मैं दुकान के भीतर प्रवेश करता हूँ जहाँ एक सौ अस्सी डिग्री की सीधी रेखा में लगे काउंटर के पीछे दोनों बैठे हैं। उनके पीछे काम करने वाले तीन-चार नौकर दौड़ते भागते ग्राहकों की माँग और मालिक की पुकार सुनकर दीवारों के साथ सटी अलमारियों में खो जाते हैं और किसी तरतीब में लगी किताबों में से किताब ढूँढ़कर लाते हैं। दोनों भाइयों के बीच जैसे काम बँटा हुआ है। पर ये सिर्फ़ उन्हें पता है, ख़रीदने वाले को ज़्यादा पता नहीं। मैं दायें वाले के पास जाकर ''हेलो'' कहता हूँ और मुस्कुराहट के साथ हाथ मिलाकर दूसरे की तरफ़ बढ़ जाता हूँ। मैं नहीं चाहता कि वो हर बार की तरह मुझे इस बात में उलझाये कि उसने पाठ्यपुस्तकों के लिए कौन-सी नयी किताबें मँगवाई हैं या वो अपने किताबों के धंधे के साथ एक नया कोचिंग सेंटर शुरू करने जा रहा है। वो पूरा व्यापारिक मानसिकता वाला आदमी है और उसे हरवक़्त प्रॉफ़िट और अपने कारोबार को बढ़ाने की ज़िद लगी रहती है। वो बात भी करता है, ग्राहक को भी निपटाता है और एक मोटी-सी कापी में बड़ी अबूझ-सी लिखावट लिखते हुए सारे नगद-उधार भी नोट करता है। उसका पेट लगातार बैठने के कारण इतना बड़ा हो गया है कि उसकी पीठ अंदर की ओर धस गयी है, पर उसे छरहरे बदन से ज़्यादा व्यापार बढ़ाने का जुनून है। सहनशक्ति ऐसी कि ग्राहक की भीड़ जितनी मर्ज़ी हो, माँगने ख़रीदने वाला जितनी मर्ज़ी देर तक अपनी बात दोहराता रहे वो उसकी फ़रमाइश तभी पूरी करेगा जब उससे पहले वाले को निपटा देगा, उसका हिसाब कर देगा। उसे इस बात का यक़ीन है कि ग्राहक जितना मर्ज़ी खीज ले पर उसे उसकी कमज़ोरी और ज़रूरत यहीं खड़ा कर के रखेगी क्योंकि पूरे शहर में और किसी किताब की दुकान में वो दम नहीं कि हर माँग को उसकी तरह पूरा कर सके। पैसे गिनना और साथ-साथ में एक कॉपी में जोड़-घटाव करते हुए वो क्या लिखता उसे आज तक उसके सिवा शायद ही कोई पढ़ सका हो।

बायीं तरफ़ बैठा दूसरा मित्र जिसे मैं और जो मुझे मिलना चाहता है, विराजमान है और जिसे मैं दिल से लेखक मानता हूँ, शरीर से चाहे वो दुकानदार लगता हो। इसी बीच वो मुझे अपना काम करते हुए अचानक देख लेता है और

मुस्कुराता है।

"वाह, क्या हाल है जनाब के? मैं दो दिन से याद कर रहा था कि कई दिन हुए आपसे मुलाक़ात ही नहीं हुई।"

उसने मुस्कुराते हुए कहा है। कितना अपनापन और पवित्रता से भरी लगती है उसकी मुस्कुराहट।

"आइये यहाँ बैठिये मेरे पास .....अरे लड़के ज़रा एक कुर्सी लगाना यहाँ।" वह अपने एक नौकर को हुक्म देते हुआ मुझे बुलाता है। मैं काउंटर के बीच में बने रास्ते से अंदर उसकी तरफ़ चला जाता हूँ। उसका नौकर एक कुर्सी उसकी बग़ल में मेरे लिए रख गया है। वो बड़े प्यार से बैठे-बैठे मेरे कँधे पर हाथ रखकर मुझे अपने पास बिठाता है।

"और सुनाइये कैसे चल रहा है, बड़े दिन हुए इधर नहीं आये।" वो पूछता है तभी एक ग्राहक उसके पास आकर किसी किताब की माँग करता है।

"अरे ज़रा ये किताब लाकर देना।" वो अपने नौकर को एक स्लिप पर माँगी गयी किताब का नाम लिखकर देता है।"

वो फिर मेरी और देखता है मुस्कुराहट से भरा चेहरा लिये हुए।

"हाँ, मैं भी कल आपके बारे में सोच ही रहा था कुछ पढ़ते हुए। आज इधर पास की बाज़ार में कुछ काम था तो सोचा मिलता चलूँ। अब देखिये दिल को दिल से राह होती है।" मैं कहता हूँ।

"हाँ-हाँ बिल्कुल वरना आजकल बात करने लायक़ आदमी ही कहाँ मिलते हैं .....।" वो अपनी बात पूरी करे इससे पहले उसका नौकर माँगी हुई किताब उसके सामने लाकर रख देता है और वो किताब के पैसे बताते हुए फिर ग्राहक का हिसाब करने लगता है।

"क्या मैं ये किताब पढ़कर वापिस कर सकता हूँ? ...कोई एडजस्टमेंट हो सकती है बाद में?" ग्राहक एक युवा है, वो किताब को उलटते-पुलटते पूछता है।

"कोई बात नहीं, अभी आप ले जाओ, बाद में देख लेंगे।" वो जैसे ग्राहक को जल्दी निपटाना चाहता है। इसी बीच दो और ख़रीददार उस ग्राहक के बराबर खड़े होकर कुछ सामान माँगते हैं। वो फिर उनमें व्यस्त हो जाता है और

उन्हें जल्दी से निपटाकर मेरी तरफ़ देखकर कहता है।

“मैंने अभी एक कहानी लिखी थी ...कल रात ही पूरी की है ...असल में एक प्रेम कविता ने मुझे बड़ा विचलित किया तो मुझे लगा मैं भी कुछ लिखूँ।” जैसे वो बहुत सारी बातें करना चाहता हो। तभी काउंटर की एक तरफ़ बैठा, ख़रीददारों को निपटाता उसका भाई उसे आवाज़ देकर कहता है, “बड़े भाई कल वाला हिसाब ज़रा अच्छी तरह देख लेना, उसमें कुछ हिसाब का फ़र्क़ था ...और हाँ वो एक नया पैकेट आया है आप एक बार खुलवाकर नौकर से गिनती करवा लेना किताबों की।”

वो मेरी कुर्सी के पीछे खड़े नौकर को एक पैकेट खोलते हुए देखता है और उस पर थोड़ा चिल्लाता है, यार तुम लोगों को दुकान में इतना टाइम हो गया काम करते ...ज़रा आराम और प्यार से खोलो पैकेट, काग़ज़ न मुड़ जाये, बहुत पतली जिल्द है किताबों की .....अरे यार ...समझ नहीं आ रहा क्या?..आराम से बंडल गिनकर बाँधो ...तुम तो ऐसे रख रहे हो जैसे कोई चारे का गट्ठर हो।”

“और फिर कोई नयी ताज़ी ......?” वो फिर अपने चेहरे के हाव भाव को संयत करते हुए मेरी तरह देखकर पूछता है। उसकी नज़र नौकर की तरफ़ भी है।

“बस ठीक-ठाक। ....नयी ताज़ी तो जब आप लोगों से मिलता हूँ तभी कोई बनती है वरना परिवार और नौकरी में तो वही सुबह और वही शाम। आप किसी कविता की बात कर रहे थे ...?”। मैंने उसे जैसे याद करवाया हो।

“हाँ! वो ...बड़ी कमाल की कविता थी। प्रेम कविता का शिखर। कवि अपनी उस प्रेमिका के लिए लिख रहा है जो उसे बहुत पहले छोड़कर कहीं और शादी कर के चली गयी। वो कहता है-

“जब तुम बूढ़ी हो जाओगी

और सर्दियों की रात में

आग तापती हुई कुर्सी पर उनींदी बैठी होगी ......”।

(इसी बीच एक और ख़रीददार आ जाता है और काउंटर पर उँगलियों से ठक-ठक करता हुआ उसका ध्यान अपनी और खींचता है।)

“भाई साहब ये देखना ज़रा, इस राइटर की किताब होगी आपके पास?”।

ख़रीददार एक काग़ज़ उसके आगे कर देता है।'' वो फिर एक मुस्कान के साथ ग्राहक से काग़ज़ लेकर उसे पढ़ता है और ''जी बिल्कुल मिलेगी'' कहकर काग़ज़ एक नौकर को दे देता है। फिर अपने भाई की तरफ़ भी नज़र उठाकर देखता है। वो भी कुछ ग्राहक निपटा रहा है, फ़ोन पर भी किसी से बात कर रहा है। ''टोटल प्रोफ़ेशनल''। मैं भी उसे देख रहा हूँ और अपने मित्र की परेशानी महसूस कर रहा हूँ; आज उसके पास जैसे कहने के लिए बहुत कुछ है।

रात के साढ़े आठ बज चुके हैं, नौ बजे तो दुकान बंद करनी होती है। वो घड़ी की तरफ़ देखकर कुछ सोचता है और फिर अपने व्यस्त भाई की तरफ़ जाकर कुछ मिन्न- सी करता है।

''आइये दो घड़ी पीछे केबिन में चलते हैं, वहाँ बैठकर इत्मीनान से बातें करेंगे।'' वो मुझे मुस्कुराते हुए कहता है और अपने साथ दुकान के भीतरी कोने में बने केबिन में ले जाता है।

पूरी तरह वातानुकूलित केबिन, कुसियाँ और एक बड़ी मेज़ लगी हुई है। दीवारों में लगी शीशे की अलमारी में से झाँकती अनगिनत अंग्रेज़ी-हिंदी का साहित्य की किताबें। मेज़ पर पड़े ए. फ़ोर. साइज़ के स्टेपल किये और टाइप किये हुए पन्ने।

''दुकानदारी भी अहम ज़रूरत है पर रूह की ख़ुराक न मिले तो सब कुछ अधूरा-सा लगता है। यूनिवर्सिटी के दिनों में ग़ुलाम अली, जगजीत और मेंहदी हसन के सब कैसेट सुनते और ख़ूब किताबें पढ़ा करते; यायावरी का शौक़ था। शहर में पराठे वाला बड़ा मशहूर था, एक बार रात बारह बजे तक दोस्तों की ख़ूब महफ़िल जमी। हॉस्टल की मेस बंद हो चुकी थी, सब पराठे वाले के पास जा पहुँचे, दिसम्बर का महीना और सब मोटर साइकिल दौड़ाये जा रहे हैं बिल्कुल बेफ़िक्र। पढ़ाई ख़त्म हुई तो जैसे सब कुछ पीछे छूट गया। ग़ज़लों की एक कैसेट न बची, सब यार दोस्तों के पास रह गयीं।'' वो अब खुल के बता रहा था।

''हाँ! यार सब दिन एक जैसे कहाँ रहते हैं ..तो फिर ये किताबों का बिजनेस पढ़ाई के बाद शुरू किया होगा?'' मैंने पूछा।

उसने पास पड़ी फ्रिज से एक बीयर निकालकर दो गिलास भर लिये और एक मेरी तरफ़ बढ़ाकर अपने गिलास से चीयर्स किया।

''यार तब न बिजनेस दिमाग़ में था और न ही बिजनेस के झंझट ......वो मैं

तुम्हें बता रहा था न प्रेम कविता के बारे में कि “जब तुम बूढ़ी हो जाओगी ...और सर्द रातों में अपने कमरे की आराम कुर्सी पर उनींदी बैठी अंगीठी की आग तपते रही होगी .....तब मेरी कोई किताब पढ़ते हुए तुम्हें याद आयेगा .....कि वो सच्चा महबूब तो कवि ही था जिसने कभी मुझे इतनी शिद्दत से चाहा होगा .....पर अब उसके पास सिवाये पछताने के कुछ बाक़ी न होगा ...क्योंकि कवि तो कब का मरकर दूर रात के अँधेरे आकाश में एक चमकता तारा बन चुका होगा ... । .... बस आजकल अपनी हालत उस बूढ़ी हो चुकी प्रेमिका जैसी है।”

उसकी मुस्कुराहट में जैसे एक गहरी टीस थी, उसने अपनी सारी बीयर अपने हलक़ में उतार दी।

“बड़ा दर्द है यार कविता में ....वैसे बहुतो का सच ऐसा ही है। हम जैसा चाहते है वैसा सब कुछ कहा हो पाता है।” मैंने उसकी बात का एहसास रखा।

“घर वाले नौकरी-वौकरी में ज़्यादा इंटरेस्ट नहीं लेते थे। पिता जी का अपना अच्छा ख़ासा पब्लिकेशन का बिजनेस था। एक जगह अपने अफ़सर रिश्तेदार ने एक बड़े सरकारी महकमे में पैसे के दम पर बढ़िया नौकरी दिलवाने का भी प्रस्ताव भी दिया। पर बस क़िस्मत को जो मंज़ूर था, वो नौकरी ज्वाइन की होती तो उसी महकमे का सबसे बड़ा अफ़सर होता और आराम से बैठकर कविता-कहानी लिखता। बस .....बिजनेस में न जाने कब आ गया पता ही नहीं चला ...शादी हो गयी, बच्चे और घर में ऐसा उलझा कि सब लेखन-वेखन का शौक़ पीछे छूट गया ...पर उस शौक़ ने मेरा साये की तरह पीछा न छोड़ा। डायरी मैं अब भी लिखता हूँ, कविता-कहानी जो मन करता है लिखता हूँ पर फिर भी न जाने क्यों ......कुछ है ....जो टीसता रहता है .... ।”

वो कहता-कहता शून्य में देखता हुआ कुछ सोचने लगता है, तभी केबिन का दरवाज़ा खुलता है।

“साहब वो शाम को जो सामान आया था उसके बिल भाई साहब को चाहिए।” दुकान के एक नौकर ने आकर कहा।

“अरे यार वह मेरे काउंटर के दूसरे दराज में जो फ़ाइल पड़ी है उसी में हैं, निकाल कर दे दो।” वो संयम से कहता है पर अपने चेहरे पर आयी खीझ को छुपा नहीं पाता।

अपने मोबाइल से नम्बर डायल करता है, “हाँ! वो फ़ाइल दे रहा है ...तुम

चले जाना घर ..मैं थोड़ा लेट हो जाऊँगा ....हाँ, ठीक है ....ठीक है सब ताले चैक करवा लूँगा।'' शायद उसने अपने भाई से बात की है।

मेरा बीयर का गिलास अभी आधा ही ख़त्म हुआ है। उसने अपने गिलास में थोड़ी व्हिस्की उड़ेल ली है और फ्रिज से ठंडा पानी डाल लिया है।

''ख़ैर कई बार सोचता हूँ कि सरकारी मुलाज़िम ही बन जाता तो अच्छा था, कुछ फुर्सत तो होती ...कुछ लिखता कुछ गुनगुनाता ... ।''

अब उस पर थोड़ा थोड़ा नशा छाने लगा है वरना उसने पहले कभी ये नौकरी वाली बात नहीं की थी। अब शायद बढ़ती उम्र और अधूरी ख़्वाहिशें उसके मन में टीस की तरह उठा करती थीं।

उसकी सेहत भी अभी महीना पहले एक बड़े झटके से उबरी थी। दुकान से घर पहुँचा ही था कि हार्ट अटैक आ गया ....हफ़्ता हस्पताल में रहा। बोलने लगता तो हकलाने लगता या एक ही शब्द पर अटक जाता। घर वाले बार-बार उसकी यादाश्त चैक करते। उसकी बेटी उसे जन्मदिन पर जान बूझकर ''हैप्पी मैरिज एनिवर्सरी'' कहती। वो थोड़ी देर कुछ सोचता और कहता कि आज तो उसका जन्मदिन है। वो मुस्कुराकर कहता कि इतनी फ़िक्र मत करो मेरी यादाश्त बहुत मज़बूत है। रात में जाग-जागकर पूरा तोलस्ताय पढ़ा है मैंने। अब भी बता सकता हूँ कि कौन-सा पात्र किस उपन्यास का है।

कई बार लगता है कि उसका जन्म ही पढ़ने-लिखने के लिए हुआ है, वो कहाँ इस बिजनेस के पचड़े में फँसा है।

''पीकर ही बहकना है तो मत पी

हलाल चीज़ को इस तरह हराम न कर''

.......तुम्हें पता है मैंने इस हलाल ज़िन्दगी को हराम कर डाला है अपनी-दूसरों की ख़ातिर। बच्चे अपनी ज़िन्दगी में सैटल हैं ...बीवी घर के काम-काज में ख़ुश है ...मुझे बहुत प्यार करती है ..पर शायद मैं ख़ुद को प्यार करना भूल बैठा हूँ।'' वो बहका हुआ-सा कहता है, वो लगातार मेरी तरफ़ अपलक देखता हुआ मुझसे जाने क्या-क्या सुनना चाहता हो जैसे। मुझे भी लगता है कि वो ये बातें किसी और के साथ नहीं कर सकता और जबसे वो अपनी दिल की बीमारी से गुज़रा है अक्सर मुझे फ़ोन करता है और मिलने की बात कहता है। मैं अपनी व्यस्तताओं के चलते अक्सर नहीं जा पाता पर फिर भी जाने की कोशिश करता

रहता हूँ।

''शायद हमें बहुत देर बाद समझ आता है कि हम ज़िन्दगी में चाहते क्या हैं और बेवजह इधर-उधर भागा दौड़ा करते हैं ...काश ! हम दौड़ने की बजाय सफ़र करना सीख पाते .....जैसे किसी अपने के साथ या अपने किसी अज़ीज़ दोस्त के साथ किये गये सफ़र कितना कुछ यादगार दे जाते हैं। फिर उन यादगार पलों को जब भी हम दोहराते हैं या सोचते हैं तो हमें लगता है की हाँ ! ...हमने भी ज़िन्दगी को भरपूर जिया है, गवाया नहीं .....बिल्कुल वैसे ही जैसे तुम्हें अपने यूनिवर्सिटी के दिन ही याद करने लायक़ लगते हैं और तुम्हें उनके बारे में सोचकर सुकून मिलता है क्योंकि असल में तुम बिल्कुल वैसे ही जीना चाहते थे। ...मैं फिर भी कहूँगा कि तुम ख़ुशक़िस्मत हो .....वो प्रेमिका ख़ुशक़िस्मत है जो अलाव के पास बैठी अपने प्रेमी की कविता पढ़ती हुई उसे याद कर रही है..... उसके पास कुछ तो दिलकश है जो याद करने लायक़ है। सुरूर ने जैसे मुझे भी शायराना कर दिया था।

''हाँ यार, तुम्हारी ये बात ठीक है, जब तुम ऐसी बातें करते हो तो जैसे मेरे तपते दिल पर कोई ठंडी पट्टी रख देता है ...जियो दोस्त ...तुम न मिलो तो शायद ...ज़िन्दगी कोल्हू का बैल हो जाये।'' वो मुस्कुराकर मेरे कँधे पर थपकीसी देता है।

रात की गहन शांति में हम दोनों अपनी फुर्सत का आनन्द लेते घर की ओर बढ़ जाते हैं।